Tratados da vida moderna

Honoré de Balzac

Tratados da vida moderna

Tradução, notas e posfácio
Leila de Aguiar Costa

Estação Liberdade

Título original: *Physiologie de la toilette* (1830); *Physiologie gastronomique* (1830); *Traité de la vie élégante* (1830); *Théorie de la démarche* (1833); *Traité des excitants modernes* (1839)

OBRA EDITADA CONFORME O NOVO
ACORDO ORTOGRÁFICO DA LÍNGUA PORTUGUESA

Preparação Maria Alice S. A. Ribeiro
Revisão Fabiano Calixto e Leandro Rodrigues
Composição Antonio Kehl
Ilustração e projeto gráfico de capa Natanael Longo de Oliveira
Editores Angel Bojadsen e Edilberto Fernando Verza

CIP-BRASIL. CATALOGAÇÃO-NA-FONTE
SINDICATO NACIONAL DOS EDITORES DE LIVROS, RJ

B158t

Balzac, Honoré de, 1799-1850
Tratados da vida moderna / Honoré de Balzac ; tradução e posfácio Leila de Aguiar Costa. - São Paulo : Estação Liberdade, 2009.

Tradução de: Physiologie de la toilette ; Physiologie gastronomique ; Traité de la vie élégante ; Théorie de la démarche ; Traité des excitants modernes
ISBN 978-85-7448-152-4

1. Literatura francesa. I. Costa, Leila de Aguiar, 1961-. II. Título.

09-0200. CDD: 848
CDU: 821.133.1-8

Editora Estação Liberdade Ltda.
Rua Dona Elisa, 116 | 01155-030 | São Paulo-SP
Tel.: (11) 3661 2881 | Fax: (11) 3825 4239
www.estacaoliberdade.com.br

SUMÁRIO

9 Fisiologia do vestuário
11 I. Sobre a gravata, considerada em si mesma e em suas relações com a sociedade e os indivíduos
17 II. Sobre os trajes com forros

25 Fisiologia gastronômica
27 I. Introdução
31 II. O comilão e o glutão

35 Tratado da vida elegante
37 Prolegômenos
51 Sobre o sentimento da vida elegante
59 Dogmas
77 Sobre o vestuário em todas as suas partes

89 Teoria do mover-se

159 Tratado dos excitantes modernos
161 Examinada a questão
169 Sobre a aguardente
177 Sobre o café
185 Sobre o tabaco
195 Conclusão

199 Posfácio
Leila de Aguiar Costa

219 Vida e obra de Balzac

FISIOLOGIA DO VESTUÁRIO

I

Sobre a gravata, considerada em si mesma e em suas relações com a sociedade e os indivíduos

Uma gravata bem posta exala por todo o traje como um perfume exótico. Ela está para o vestuário como a trufa está para um jantar.

A revolução foi para o vestuário, assim como para a ordem civil e política, um tempo de crise e de anarquia. Para a gravata em particular, ela trouxe uma daquelas mudanças orgânicas que vêm, com séculos de intervalo, renovar a face das coisas. Sob o Antigo Regime, cada classe tinha seu modo de vestir: reconhecíamos, pelos trajes, o senhor, o burguês, o artesão. Naquela época, a gravata — se podemos dar esse nome ao colarinho de musselina e ao retalho de renda com que nossos pais envolviam seus pescoços — era tão somente uma peça de vestuário necessária, de tecido mais ou menos rico, mas sem interesse, como sem importância pessoal. Os franceses tornaram-se enfim iguais em seus direitos, bem como em suas indumentárias, e a diferença no tecido ou no corte dos trajes não mais distinguia as condições. Como então se reconhecer no meio dessa uniformidade? Através de qual sinal exterior distinguir a categoria de cada indivíduo? Desde então se reservou à gravata um novo destino: a partir desse dia, ela nasceu para a vida pública, adquiriu uma importância social, pois que foi convocada a restabelecer as nuanças inteiramente extintas no vestuário. Ela tornou-se o critério através do qual se reconheceria o homem polido e o homem sem educação.

Com efeito, dentre todas as peças do vestuário, a gravata é a única que pertence ao homem, a única em que se encontra a individualidade. Relativamente a vosso chapéu, a vosso traje, a vossas botas, todo o mérito deve ser atribuído ao chapeleiro, ao alfaiate, ao fabricante de botas, que vos entregam esses artigos em todo seu brilho. Nada ali é de vossa autoria. Quanto à gravata, porém, estais sem ajuda e sem apoio, abandonados a vós mesmos; deveis encontrar em vosso interior todos os vossos recursos. A lavadeira entrega-vos um retalho de batista engomado. Segundo o que souberdes fazer, dele retirareis vantagem: é como um bloco de mármore nas mãos de Fídias[1*] ou de um talhador de pedras. Quanto vale o homem, tanto vale a gravata. E, para dizer a verdade, a gravata é o homem, é através dela que o homem se revela e se manifesta.

Por isso, hoje todos os espíritos que refletem dão como certo que pela gravata se pode julgar aquele que a usa, e

1. Fídias foi o maior escultor da Grécia antiga. A ele foi atribuído o Júpiter do Olimpo e a Minerva do Parthenon, cujo ornato esteve sob sua responsabilidade.

* Todas as notas são de autoria da tradutora, exceto aquelas especificadas como Nota do Autor [N. A.] ou Nota do Editor [N.E.]

que, para conhecer um homem, basta olhar essa parte que une sua cabeça ao tronco.

Assim, uma gravata engomada, inflexível, arrumada com esmero, sem uma dobra sequer, com nó simples, quadrado, simétrico, como se o compasso do geômetra ali tivesse interferido, anuncia um homem exato, seco, egoísta.

Aquela gravata de musselina clara, sem goma, ondulante, com uma roseta entufada e pretensiosa... Trata-se de um falador elegante, prolixo, insípido; um noticiador.

Aquela gravata de cambraia, nem demasiado alta nem demasiado baixa, suficientemente frouxa para permitir ao pescoço e à cabeça toda a liberdade de seus movimentos, com um nó gracioso, mas ingênuo e simples... Trata-se de um poeta elegíaco.

Paro por aqui, para não desflorar em algumas linhas um assunto digno de inspirar volumes, tamanhos são seu interesse, alcance e importância.

Considerados em relação à gravata, os homens dividem-se naturalmente em três grandes categorias.

Inicialmente, para começar por aquela que merece uma menor atenção de nossa parte, apresenta-se a classe numerosa de homens que usam a gravata sem senti-la, tampouco compreendê-la: a cada manhã, envolvem seus pescoços com um pedaço de tecido, como se se tratasse de uma corda; em seguida, todos os dias, passeiam, comem, ocupam-se com seus negócios e, à noite, deitam-se e adormecem, sem escrúpulo, sem remorso, perfeitamente satisfeitos consigo próprios, como se suas gravatas estivessem sendo usadas da melhor forma do mundo. Pessoas desatualizadas, que dão continuidade ao século XVIII em pleno século XIX. Anacronismos vivos, demasiado numerosos, infelizmente! Para vergonha do século das luzes, a que aqui fazemos referência tão somente para a recordação. Pois que, relativamente à gravata, eles são seres negativos.

Acima deles vêm, imediatamente, os que entreveem o que há de bom na gravata e o que se pode com ela fazer. Mas, incapazes de tirar vantagem por si mesmos, limitam-se a copiar o outro. Espíritos estreitos, estéreis, sem imaginação, sem sequer uma ideia própria, eles estudam diariamente o nó que reproduzirão no dia seguinte. Como considerar estes *servum pecus* da gravata? Eu os compararia àqueles homens frívolos que buscam, todas as manhãs, nas gazetas, as ideias que terão durante o dia, ou aos mendigos que vivem da caridade do outro.

Na primeira categoria, enfim, colocam-se os homens fortes e sólidos por si mesmos, que sentem e entendem a gravata, que a compreendem naquilo que ela tem de essencial e íntimo, com aquela energia de inteligência, aquela potência de gênio, distribuídas àqueles mortais privilegiados *quos aequs amavit Jupiter*. Estes não têm mestres ou modelos; encontram grandes, nobres recursos neles próprios; escutam apenas a si mesmos. São verdadeiramente criadores.

Porque a gravata vive apenas de originalidade e de ingenuidade, a imitação, a servidão às regras empalidecem-na, congelam-na, matam-na. Nem por meio do estudo, nem pelo trabalho se chega a algo de bom: é espontânea, instintiva e inspiradamente que se põe uma gravata. Uma gravata bem posta é como um daqueles traços de gênio que se nota, se admira, mas que não se pode analisar, tampouco ensinar. Por isso, ouso dizer com toda a força da convicção: a gravata é romântica em sua essência. No dia em que for atingida por regras gerais, por princípios fixos, ela terá deixado de existir.

E, apesar de tudo, houve no mundo um barão de Empesé[2] que publicou a *Arte de pôr sua gravata*! Arte e gravata, eis palavras que, reunidas, não combinam. Que confusão de ideias, e como se julga um homem por semelhante traço! É então preciso vê-lo, o barão de Empesé, com seu colarinho em ponta, sua gravata dura como papelão, seu nó seco e simples, as pontas apanhadas à frente e presas com um alfinete; enfim, tudo o que se pode imaginar de mais rococó. E seu livro! Algo para fazer nascer um riso inextinguível. Divisões, separações de gêneros, classificações, proibições, toda uma legislação aristotélica, um verdadeiro código à maneira de Boileau...[3] Eis como se preparam entraves ao gênio; como ele é aprisionado pelos princípios da rotina; como se fornecem argumentos e textos à mediocridade; como se perverte o gosto público, se não se apresentassem espíritos decididos para enfrentar obstáculos ridículos, para

2. O sobrenome do barão, "Empesé", carrega em si toda a zombaria de Balzac. Explique-se: se traduzido para o português, significa engomado, barão do Engomado, pois!

3. Balzac ironiza aqui as regras excessivamente rígidas da poética — Boileau é autor, no século XVII francês, de uma *Arte Poética*. Quanto ao grego Aristóteles, ele escreveu na Antiguidade não apenas uma Poética, mas também uma Retórica. Eis textos que um homem do século XIX como Balzac, à semelhança de Victor Hugo, que chegou mesmo a declarar "Guerra à Retórica!", consideraria como obstáculos à originalidade e à imaginação, em razão de suas regras e códigos.

marchar adiante com passo seguro e sustentar a gravata em sua liberdade nativa e todo seu brilho.

Dentre estes espíritos, citaremos um único exemplo, dos mais ilustres, e que será sempre honroso seguir. O senhor príncipe de R..., hoje arcebispo e cardeal, foi durante muito tempo a glória da gravata. Vós jamais o teríeis visto desfazer, experimentar, recomeçar, por diversas vezes seguidas, o nó da mesma gravata. Ele dedicava a essa parte do vestuário uma amplitude, uma grandiosidade que um pequeno espírito não saberia compreender. Vinte gravatas estavam preparadas diante dele: pegava uma, colocava-a no pescoço e dava-lhe um nó com uma mão segura que desconhecia a hesitação. O nó desagradava-lhe? Descartava a primeira gravata, pegava outra. Algumas vezes, chegava a experimentar dez, quinze gravatas, antes de estar satisfeito com sua obra. Pois que a gravata, expressão tanto do pensamento como do estilo, é frequentemente rebelde como ele. Mas, quando ele conseguia reproduzir em sua gravata aquele tipo inigualável que tinha em mente, todos ficavam admirados, extasiados. Sua alma estava no tecido leve, ali se manifestava inteiramente. Reconhecia-se aquela desenvoltura, aquela liberdade de espírito, sem a qual não há originalidade, e, sobretudo, aquele calor de alma, aquele fogo ardente que mais tarde se transformaria em zelo religioso e se tornaria uma vocação para o cardinalato.

II

Sobre os trajes com forros

Os mais notáveis espíritos atuais clamam por uma reforma no vestuário. Mas, que eu saiba, ninguém até hoje indicou o abuso donde nascem todos os outros, o vício fundamental que é preciso corrigir antes de se esperar por qualquer melhoria. Refiro-me à ignorância completa do alfaiate quanto à importância de sua profissão. Bem poucos, a esse respeito, elevam-se acima do artesão; todos, ou quase todos, confeccionam um traje como outros constroem cadeiras e mesas. E, entretanto, desde que o homem saiu do estado selvagem para viver em sociedade, quão grave função se atribuiu ao alfaiate! Que se imagine nos dias de hoje um homem nu: seus semelhantes dele fogem, a sociedade o repele, ele está condenado a viver isolado, a retornar ao estado selvagem. Porque quem diz *homem*, na civilização, diz *homem vestido*! O homem que sai nu das mãos da natureza é inacabado para a ordem de coisas em que vivemos. É o alfaiate que é chamado a completá-lo. Não podemos entrar no mundo, e nele realizar nosso destino, senão à condição de termos passado por suas mãos. Por isso, mal chegamos à vida, e ele se apodera de nós, segue-nos, retém-nos e nos cerca por todos os lados. Dele escapamos apenas para entrar no leito de morte. E que alfaiate pensou na importância de tais funções? Qual deles refletiu sobre o quanto o destino de um homem estava estreitamente ligado ao vestuário?

Vede-os nas ruas, dirigindo-se à casa de seus fregueses. Teriam eles tão pouca nobreza e tão pouca dignidade, se compreendessem que, em seu fular, sob os braços, carregam um dos mais essenciais elementos do destino do homem? Ora, se não percebem a importância de sua profissão, que estudos, que cuidados, que progressos deles podemos esperar? Que perfeição aguardar de seus trabalhos?

Eis porque, para qualquer um que deseje sinceramente a regeneração do vestuário, a primeira coisa é fazer com que os alfaiates percebam toda a gravidade de suas funções; compreendam que, forçados a recorrer sem cessar à sua arte, temos grandes deveres a exigir deles. Convocados pela sociedade para revestir o corpo humano, todos os seus trabalhos, todos os seus esforços devem tender a acentuar-lhe a graça e a beleza. Somente então eles se elevarão aos grandes princípios que dominam sua arte. Dela estudarão com ardor todos os recursos, tornar-se-ão homens de consciência. E logo veremos desaparecer aqueles trajes de mau gosto que tornam o homem disforme ou ridículo. E o vestuário caminhará em direção à reforma a que aspira.

Talvez, algum dia, tratemos *ex professo* dessa reforma. Hoje, apontaremos apenas uma parte dela, atacaremos um único abuso, o mais grosseiro, cuja persistência é-nos sempre um grave motivo de surpresa. Falamos daqueles paletós com gola e reverso forrados, tecido por fora, papelão por dentro: não são eles o produto da mais estranha aberração de espírito? Que alfaiate jamais teria imaginado vestir um homem com um aparato tão pesado, tão desgracioso, se tivesse algum sentimento do belo? Se alguém vos aconselha a renunciar a tudo a que podeis ter de graça e desenvoltura para assumir ares de rijeza e incômodo, pensareis que ele perdeu o juízo: sem desenvoltura e graça, o que resta da beleza? Pois bem, aquilo que esse homem vos aconselharia, vós mesmos fazeis, vós que meteis um paletó forrado de pano grosso e lã. Com efeito, tendes em torno do pescoço uma gola tão espessa, tão compacta, tão dura quanto o pescoço de um cavalo; diante do peito, duas espécies de obras bem proeminentes, curvadas em hemisférios, rígidas, sólidas e que não cederiam senão com um murro; em seguida, com isso tudo, tentai empreender alguma agilidade a vossos braços, alguma graça a vosso corpo: sempre tereis o ar rijo, içado e pesado, à semelhança do paletó que vos cobre.

De minha parte, ainda busco conceber como dois homens assim vestidos podem se olhar sem rir. Ao contrário, um paletó macio e flexível, gracioso por si só, não pode senão dar nova graça ao corpo: ele segue todos os seus movimentos, assume todas as formas que lhe desejam atribuir. Não quero aqui agitar a importante e difícil questão de saber se o traje deve ser usado aberto ou fechado sobre o peito, tampouco decidir entre o estilo descerrado e o estilo abotoado. Sem considerar o mérito desses dois gêneros, é incontestável que o paletó sem forro não tem engajamento exclusivo com nenhum dos dois, e que ele convém, sob todos os aspectos, tanto a um quanto a outro. Apreciais manter o peitilho descoberto? Colocai sobre os ombros os avessos sem forro, eles se manterão invertidos. Desejais que a camisa e o colete fiquem inteiramente escondidos? Vosso paletó macio e flexível abotoa-se com desenvoltura, e não mais tereis o peitilho pregado com uma couraça pespontada e forrada como o plastrão de um mestre de armas.

Se o sistema que defendo necessitasse do apoio de alguma autoridade, eu poderia citar o exemplo de uma nação inteira, a Inglaterra, essa clássica nação dos paletós macios e sem enchimento. Talvez alguns espíritos estreitos acusem-me aqui de pecar contra a nacionalidade, pelo fato de eu buscar meus modelos fora de meu país. Mas rejeito os tolos preconceitos de iras nacionais que não nos permitiriam imitar aquilo que é bom, seja de que lugar for. Todos os povos são irmãos, assim proclamou a filosofia; e se estão ainda separados por barreiras fictícias, quiçá o vestuário seja convocado para derrubá-las: talvez seja pela aproximação nos trajes que começará a fusão, talvez os povos se tratem de irmãos quando os trajes não mais os diferenciarem. O sultão Mahmud[4], por um instinto de gênio, parece ter percebido essa verdade, ele que, ao desejar incorporar seu povo à Europa, começou por vesti-lo com o fraque europeu.

De resto, não é preciso remontar muito longe em nossa história para nela encontrar o traje sem forro em todo o seu esplendor. Quem não conhece a maciez da roupa sob o

4. Mahmud II governou a Turquia de 1809 a 1839. Em 1826, foi responsável pelo massacre dos janissários, corpo de infantaria que compunha a guarda dos sultãos.

Diretório e sob o Consulado? Naquela época, as roupas estavam tão afastadas da rigidez quanto os costumes. Como então regredimos daquilo que era bom para aquilo que era ruim? Como o traje forrado veio a prevalecer? Consultei a esse respeito um homem erudito na matéria. Se é possível nele acreditar, esta moda dataria de 1815: seria aos peitilhos forrados dos oficiais russos do exército aliado que teríamos emprestado nossos forros. Segundo ele, esse foi um dos mais funestos efeitos da invasão. A falta de originalidade, que faz a vergonha do temperamento francês, nossa falta de gosto e de habilidade na imitação, tornam essa origem bastante provável. Contudo, sem contestar a realidade desta origem, desejo aí reconhecer apenas uma causa segunda e acidental, e penso que é preciso postarmo-nos de um ponto de vista mais elevado para descobrir a verdadeira causa, a razão filosófica.

Com efeito, no estado atual das coisas, o forro dos trajes não é um ponto isolado, mas uma analogia. O forro parece ter sua causa em um fato geral do mesmo gênero, em uma certa rigidez presente ao nosso redor, nos costumes, nas letras, nas artes. Este grosso tecido engomado que serve para tornar tão firmes as partes internas de nosso traje chama-se, em linguagem técnica, *bougran*[5]; é o *bougran* que confere uma rigidez artificial às coisas simples e desenvoltas em si

5. O *bougran* é uma espécie de tela rígida e repleta de goma. A origem do nome remontaria à cidade de Boukhara, pertencente ao Uzbequistão (Ásia Central) e conhecida por sua indústria da seda e por seus célebres tapetes. O termo serve a Balzac para referenciar tudo o que é formado pelo excesso de rigidez, de rudeza, de rigor, de severidade. O termo mais próximo para significar uma tal rigidez seria, em português, bocaxim — preferimos, contudo, manter o original para garantir a etimologia.

mesmas. Pois bem, de todos os lados, sob mil nomes, sob mil formas diferentes, encontramos o *bougran*.

Aquele respeito das conveniências, aquela hipocrisia puritana que orna os exteriores sem melhorar os costumes: *bougran* moral.

Aquela marca política que se aplica a tudo o que nos envolve, que espalha por todos os lados um tédio gelado... *bougran* constitucional.

Aqueles espíritos conscienciosos, sólidos, judiciosos, mas que possuem um vocabulário próprio, que falam uma linguagem científica, frequentemente obscura e pronunciada com arrogância e com um tom cortante... *bougran* filosófico.

A tragédia clássica com seus heróis rígidos e suas tiradas de efeito... *bougran* dramático.

Aqueles escritores corretos e puros, mas pesados e engomados... *bougran* acadêmico.

Aqueles quadros com personagens tão bem talhadas, tão bem acabadas, tão bem assentadas... *bougran* da pintura.

A dança nobre com suas poses pesadas, seus movimentos preparados, seus ritornelos de piruetas... *bougran* coreográfico. Colocai um pouco de *bougran* nos membros da senhorita Taglioni[6] e seu divino talento se esvai.

Se eu desejasse prosseguir nessa enumeração, iria demasiado longe. Disse o suficiente para mostrar que os forros dos trajes advêm de um fato geral e que perecerão com ele. Uma guerra já lhe está universalmente declarada, por todos os lados o *bougran* é vivamente combatido. Na literatura,

6. Maria Taglioni, célebre bailarina sueca de origem italiana (1804-1884).

na pintura, uma nova escola combate ardorosamente pela reforma. A regeneração do vestuário possui também seus apóstolos fervorosos. Todos os bons espíritos rejeitaram os trajes forrados. Não sei se posso me felicitar por ter convertido alguns retardatários. Em tudo aquilo que diz respeito ao sentimento do belo, como convencer? Muitos talvez digam, após ter-me lido: "O que isso prova?" A isso, nada tenho a responder. Através de que argumentos estabelecer que tal coisa é plena de graça, que tal outra é pesada e desgraciosa? Pude apenas dizer: abri os olhos e olhai. Aquele que não viu é porque está desprovido do sexto sentido. Lamento por ele, mas nada posso fazer.

Felizmente, é uma lei da ordem moral o fato de os espíritos inteligentes e esclarecidos caminharem à frente e indicarem o caminho. A massa segue-os com boa ou má vontade, mais ou menos rápido. Ela adota o que é bom e o pratica frequentemente sem o saber, sem o compreender. Fiemo-nos, pois, ao tempo e ao andamento necessário das coisas para estabelecer e concluir o edifício das novas ideias no vestuário. Seus materiais são já preparados e reunidos por mãos hábeis. Feliz de mim, se posso também dizer eu, que, insignificante, contribuí com uma pedra talhada para o umbral do templo!

La Silhouette, junho-julho de 1830.

FISIOLOGIA GASTRONÔMICA

I

Introdução

Lavater, Gall[1] e outros fisiologistas encontraram o segredo de adivinhar as inclinações morais, físicas e intelectuais dos homens, através da inspeção meditada de sua fisionomia, de seus modos de andar, de seu crânio. Essa ciência, tão profunda, tão útil, tão agradável, embora tenha chegado a um alto grau de perfeição, ainda não chegou ao estágio das necessidades atuais e das necessidades de nossa civilização francesa. Nos dias de hoje, ela apenas se endereça a algumas classes privilegiadas, a alguns indivíduos com barrete de doutor. A craniologia, a fisiognomonia foram tão somente aplicadas aos ilustres assassinos, aos célebres imbecis, aos eróticos furiosos. As protuberâncias da cabeça, o fogo dos olhos, os batimentos do coração foram analisados; mas a delicadeza do palato, a capacidade e os movimentos do estômago foram negligenciados. Nem todos os homens são assassinos, imbecis ou eróticos, mas todos têm uma boca,

1. Johan Caspar Lavater (1741-1801), filósofo, poeta e teólogo suíço, inventou o sistema da fisiognomonia. Franz Joseph Gall (1758-1828), médico alemão, inventou a frenologia, sobre a qual deixou numerosos escritos.

um estômago, um ventre. Essa verdade, tão evidente, deveria ter determinado os senhores Lavater, Gall e companhia a abandonar as especificidades para generalizar a aplicação de sua ciência. A protuberância frontal, a fisionomia, o andar do homem que come e daquele que sabe comer são seguramente os sinais gerais que todo homem possui. Basta estudá-los para deles determinar os diferentes fenômenos.

Há mais de quarenta anos, quando estou à mesa, observo. Trata-se, pois, do resultado de longos e penosos estudos (penosos! dolorosos! pois que me foi preciso estudar à mesa!) que exporei a seguir com a boa-fé que caracteriza um *bon vivant.*

Princípios gerais

Todos os homens comem, mas muito poucos sabem comer. Todos os homens bebem, mas um número ainda menor sabe beber. É preciso distinguir os homens que comem e bebem para viver daqueles que vivem para comer e beber. Há entre esses dois extremos uma infinidade de nuanças delicadas, profundas, admiráveis. Mil vezes feliz é aquele que a natureza destinou a formar o último elo dessa grande corrente! Somente ele é imortal!

Dois números da revista *Silhouette* não seriam suficientes para os meus desenvolvimentos, se eu desejasse analisar todas as minhas observações. Eu diria a partir de que sinal se reconhece o homem que prefere o *beaune* ao *tavel*, o *volney* à costela assada, o filé de cabrito marinado aos rins de galo em cerveja. Mas restringirei minhas observações aos pontos seguintes, que não são ainda senão as grandes divisões da ciência: o glutão, o comilão, o *gourmand*, o guloso, o gastrônomo, o ébrio, o bebedor, o *sommelier*, o degustador, o *gourmet*.

Beber e comer exigem qualidades diferentes, por vezes opostas. Eis o motivo pelo qual estabeleço duas categorias distintas. O homem é demasiado imperfeito para acumular pendores tão nobres. O matemático e o poeta têm uma fisionomia diferente. O mesmo se dá com homens que brilham em todas as artes, em todas as ciências. A natureza repartiu diversamente e com sabedoria seus dons. O homem que reunir a qualidade de gastrônomo no mesmo grau que a de *gourmet* será um fenômeno, um monstro na natureza. Por isso não nos ocuparemos desse ser ideal.

II

O comilão e o glutão

As disposições gastronômicas estão subordinadas às qualidades físicas e morais dos homens. Eis porque a influência combinada desses dois princípios que, conforme o caso, modificam-se mutuamente ou se imprimem uma maior atividade, determina a categoria na qual deve ser locado o sujeito. Se há alguns seres mistos, espécies de eunucos ou de hermafroditas em gastronomia, que pertencem a todas as categorias sem, porém, pertencer a nenhuma, eles são a mediocridade do gênero. Não nos ocuparemos desse ser tão comum e ao mesmo tempo tão desprezível. O mais belo apanágio do homem é ser ele próprio, possuir um temperamento distintivo.

O sujeito menos estimável da gastronomia é, sem dúvida nenhuma, o glutão: ele come..., come mais uma vez, come sempre..., mas sem método, sem inteligência, sem espírito; come porque tem fome, sempre porque tem fome. Trata-se de uma disposição física, independente de sua inteligência; trata-se de um apetite voraz, de uma necessidade imperiosa dos sentidos.

O glutão ignora o princípio elementar da gastronomia, a arte sublime de mastigar! Devora pedaços inteiros, que passam pela boca sem acariciar seu palato, sem despertar a menor ideia; eles vão diretamente se perder em um estômago de capacidade aterradora.

O glutão é muito mais que um animal, é muito menos que um homem.

Anfitriões cuja mesa é sempre bem guarnecida, desconfiai deste destruidor: ele devorará vossa refeição sem vos ser grato, sem julgá-la nem boa nem ruim. Injúria sanguinolenta!

Descrever detalhadamente um ser tão perigoso é oferecer um verdadeiro serviço à sociedade.

O glutão geralmente possui a estatura que hoje se exige para ser um granadeiro da Guarda Nacional de Paris[2]: cinco pés e quatro polegadas; seus ombros são largos, arredondados ou arqueados; seu grande ventre avança para frente; o peso de seu corpo desviou suas pernas, curtas e espessas, para dentro; seus pés são chatos. Tem as mãos largas e curtas, os dedos desiguais e desfigurados por enormes nódulos, as unhas grossas, rudes e amarelas; a cabeça imensa, os cabelos espessos, a fronte baixa, as orelhas vermelhas como o escarlate, o nariz grosso, as narinas abertas, os olhos pequenos, baços, inchados e repletos de água; a boca fendida até as orelhas — eis um traço característico —; os lábios espessos e azulados, os dentes largos, curtos, novos e amarelos; o queixo arredondado e triplo, as faces rubicundas.

2. A Guarda Nacional era, no século XIX, um corpo de milícia formado por burgueses.

Seu andar é lento, muito lento, após um copioso jantar: antes dessa preciosa operação, ele é razoavelmente vivo. Mas, quando o glutão aceita um convite, vai como o vento.

À mesa, jamais levanta os olhos, devora com os olhos assim como com a boca; não descerra os dentes senão para comer. Jamais uma observação faceciosa, sal de todos os bons jantares, mesmo dos piores. Nada sai de sua boca, tudo ali entra! Jamais um olhar para sua bela vizinha, jamais a mais ligeira atenção, a menor solicitude; às vezes, seus cotovelos nela esbarram, pois que precisa sentir-se à vontade, e porque, com frequência, sentamo-nos à mesa uns muito perto dos outros.

Enfim, ele está inteiramente dedicado a seu prato, em que desejaria encontrar a capacidade da maior das travessas.

Falarei da inteligência, do espírito de um tal sujeito? Nada disso: ele dorme, ronca, lamuria-se depois do jantar.

Contudo, mil vezes eu gostaria de ser o mais glutão dentre os glutões do que deixar de apresentar algum traço distintivo em gastronomia: nada mais lancinante que ser o que todo mundo é. Um escritor absurdo, mas copiosamente absurdo, tem mais mérito a meus olhos que um escritor medíocre, que um autor como qualquer um pode ser. A absurdidade é o gênio da tolice. Em gastronomia, dá-se o mesmo com a glutonaria.

O comilão, embora locado em um estágio gastronômico bastante inferior, ocupa, contudo, um lugar mais honroso que o glutão: ele tem menos defeitos, mas é dotado de bem poucas qualidades.

Não come para viver, mas também não vive para comer: nele, essas duas influências se combinam, essas duas afecções trabalham-no alternadamente e, às vezes, ao mesmo tempo.

O comilão cede ao apetite dos sentidos, assim como cede ao apetite da imaginação. Um pedaço de alimento, ao passar pela boca, nela imprime uma sensação, bem leve, é verdade, mas enfim desperta uma ideia: trata-se de um relâmpago que pode produzir luz, de uma semente que, habilmente fecundada pela arte, pode transformar o sujeito em um *gourmand* de mérito medíocre. A natureza é, frequentemente, mais avara que pródiga.

É difícil reconhecer o comilão pela simples inspeção de sua fisionomia. Para emitir um julgamento infalível, seria preciso vê-lo agir. Entretanto, alguns sinais característicos podem pôr o observador novato no caminho certo.

No mais das vezes, o comilão é magro e alto; come depressa, e muito. Raramente é difícil. Não aceita, contudo, todas as iguarias. Prefere em geral os pedaços sólidos, pouco caso faz dos pratos do meio e da sobremesa. Uma perna de carneiro assada, uma costela de boi, um fricassê, um assado estão bem a seu gosto, mas, por vezes, recusa-se a experimentá-los, receando mostrar alguma semelhança com o glutão.

O sinal distintivo do comilão é operar lentamente. Após ter razoavelmente mastigado, ele fala com frequência, chegando mesmo a ser divertido, embora essa preciosa qualidade somente se revele ao final do segundo serviço.

O comilão jamais faz uso do pão mole.

La Silhouette, agosto-outubro de 1830.

TRATADO DA VIDA ELEGANTE

I

Prolegômenos

Mens agitat molem.
Virgílio

O espírito de um homem se adivinha à maneira pela qual ele usa sua bengala.
Tradução fashionável[1]

A civilização classificou os homens em três grandes classes... Ter-nos-ia sido fácil colorir nossas categorias à maneira do senhor Charles Dupin[2]. Mas como o charlatanismo seria um contrassenso em uma obra filosófica cristã, estamos dispensados de misturar a pintura aos *x* da álgebra e procuraremos, professando as mais secretas doutrinas da vida elegante, ser compreendidos até mesmo por nossos antagonistas, as pessoas que usam botas com rebuços.

---

1. "Fashionável" e "fashion" são saborosos e significativos anglicismos — que mantivemos em respeito à intenção original do texto — empregados por Balzac ao longo de seu tratado para descrever a moda e a vida elegante.
2. Charles Dupin (1784-1873) foi matemático e político.

Ora, as três classes de seres criados pelos costumes modernos são:

O homem que trabalha;

O homem que pensa;

O homem que nada faz.

Daí decorrem três fórmulas de existência bastante completas para expressar todos os gêneros de vida, do romance poético e errante do *boêmio* à história monótona e sonífera dos reis constitucionais:

A vida ocupada;

A vida de artista;

A vida elegante.

Sobre a vida ocupada

O tema da *vida ocupada* não tem variantes. Utilizando seus dez dedos, o homem abdica de toda uma existência, torna-se um meio e, apesar de nossa filantropia, somente os resultados obtêm nossa admiração. Por todos os lados, o homem vai desfalecendo diante de alguns montes de pedras, e, se ele se lembra daqueles que os amontoaram, é para oprimi-los com sua piedade. Se vê ainda o arquiteto como um grande pensamento, seus operários não são mais que espécies de guindastes e confundem-se com os carrinhos de mão, com as pás e com as enxadas.

Uma injustiça? Não. Semelhantes às máquinas a vapor, os homens arregimentados para o trabalho produzem-se todos sob a mesma forma, nada têm de individual.

O homem-instrumento é uma espécie de zero social, cujo maior número possível jamais poderá compor uma soma se não for precedido de algumas cifras.

Um lavrador, um pedreiro, um soldado são os fragmentos uniformes de uma mesma massa, os segmentos de um mesmo círculo, o mesmo instrumento cujo cabo é diferente. Dormem e levantam-se com o sol. Para um, o cantar do galo; para outro, o toque da alvorada; para esse, calções de pele, duas medidas de tecido azul e botas; para aquele, os primeiros trapos encontrados; para todos, os mais grosseiros alimentos: bater no gesso ou bater nos homens, colher feijões ou golpes de sabre, tal é, em cada estação, o roteiro de seus esforços. O trabalho lhes parece ser um enigma, cujo segredo procuram até o último instante. Com muita frequência, o triste *pensum* de sua existência é recompensado pela aquisição de um pequeno banco de madeira, em que se sentam, à porta de uma cabana, sob um sabugueiro empoado, sem temer ouvir de um lacaio: "Vai-te daí, bom homem! Somente damos aos pobres às segundas-feiras".

Para todos esses infelizes, a vida é resolvida com um *pão dentro da arca*, e a elegância, com um baú no qual há roupas.

O pequeno varejista, o subtenente, o escriturário-redator são os tipos menos degradados da vida ocupada. Mas sua existência é ainda marcada pelo selo da banalidade. É sempre trabalho e sempre guindaste: entretanto, o mecanismo é um pouco mais complicado e a inteligência ali parcimoniosamente se engrena.

Longe de ser um artista, o alfaiate apresenta-se sempre, segundo pensam aquelas pessoas, sob a forma de uma impiedosa fatura: abusam da instituição dos falsos colarinhos, repreendem-se uma fantasia como um roubo feito a seus credores e, para eles, uma carruagem é um fiacre nas circunstâncias comuns, um coche em dias de enterro e de casamento.

Se não se entesouram como os operários, a fim de garantir para sua velhice do que viver e do que comer, a esperança de suas vidas de abelha não vai mais longe, já que aspiram à posse de um quarto bem frio, no quarto *arrondissement*[3], rua Boucherat; em seguida, a um capote e a luvas de percal cru para a esposa; a um chapéu cinza e a uma meia taça de café para o marido; à educação de Saint-Denis ou a uma meia-bolsa para os filhos, a um *cozido de carne* temperada com cebolinha duas vezes por semana para todos. Nem totalmente zeros, nem totalmente cifras: essas criaturas são talvez decimais.

Nesta cidade *dolente*, a vida é resolvida com uma aposentadoria ou algumas rendas no grande livro, e a elegância, com cortinados em franjas, camas com baldaquino e archotes sob vidro.

Se subirmos ainda alguns degraus da escala social, sobre a qual as pessoas ocupadas sobem e se balançam como o musgo nos cordames das grandes embarcações, encontramos o médico, o cura, o advogado, o notário, o pequeno magistrado, o grande negociante, o fidalgo provinciano, o burocrata, o oficial superior, etc.

3. Paris é dividida em *arrondissements*, isto é, em bairros que recebem números e não nomes. No quarto *arrondissement* fica, por exemplo, a célebre Place des Vosges.

Esses personagens são aparelhos maravilhosamente aperfeiçoados, cujas bombas, correntes, balanças, todas as molas enfim, cuidadosamente polidas, ajustadas, engraxadas, realizam suas revoluções sob honoráveis caparazões bordados. Mas essa vida é sempre uma vida de movimento, em que os pensamentos não são ainda nem livres nem amplamente fecundos. Esses senhores têm diariamente que fazer certo número de operações inscritas em *agendas*. Esses pequenos livros substituem os *cães de pátio* que outrora os assediavam no colégio, lembrando-os a todo momento de que são escravos de um ser de razão mil vezes mais caprichosa, mais ingrato que um soberano.

Quando eles chegam à idade de repouso, o sentimento de *fashion* se oblitera, o tempo da elegância foge sem retorno. Por isso a carruagem que os leva para passear tem estribos salientes para diversas finalidades ou é decrépita como a do célebre Portal[4]. Neles, o preconceito da casimira ainda existe; suas mulheres usam colares e brincos de diamantes; seu luxo é sempre uma poupança; em suas casas, tudo é opulento. E ledes acima do camarote: "Falai com o porteiro". Contam-se como cifras na soma social, isto quer dizer que são unidades.

Para os *parvenus* dessa classe, a vida é resolvida com o título de barão, e a elegância, com um criado em libré bem emplumado ou com um camarote no teatro Feydeau.

Cessa aí a vida ocupada. O alto funcionário, o prelado, o general, o grande proprietário, o ministro, o serviçal e os

4. O barão Portal (1742-1832) foi médico de Luís XVIII e a ele se deve, em 1820, a criação da Academia Real de Medicina.

príncipes estão na categoria de desocupados e pertencem à vida elegante.

Após ter concluído essa triste autópsia do corpo social, um filósofo experimenta tamanho desgosto pelos preconceitos, que levam os homens a passarem uns perto dos outros se evitando como cobras, que cumpre dizer: "Não construo como quero uma nação, aceito-a já toda pronta."

Esse panorama da sociedade, tomada em massa, deve ajudar a conceber nossos primeiros aforismos, que formularemos da seguinte maneira:

I

O objetivo da vida civilizada ou selvagem é o repouso.

II

O repouso absoluto produz o spleen.

III

A vida elegante é, em uma ampla acepção do termo, a arte de animar o repouso.

IV

O homem habituado ao trabalho não pode compreender a vida elegante.

V

Corolário. Para ser fashionável, é preciso usufruir do repouso sem ter passado pelo trabalho: dito de outro modo, ganhar quaterno[5]*, ser filho de milionário, príncipe, sinecurista ou acumulador.*

---

5. Trata-se de um jogo de loteria, em combinação de quatro números que são sorteados conjuntamente e na mesma tiragem.

Sobre a vida de artista

O artista é uma exceção: seu ócio é um trabalho, seu trabalho, um repouso; ele é a um só tempo elegante e negligente; veste de bom grado a veste do operário e decide o fraque usado pelo homem da moda; não se submete às leis: impõe-nas. Que se ocupe em nada fazer, ou medite sobre uma obra-prima, sem parecer ocupado; que conduza um cavalo com um arreio de madeira, ou entregue a grandes guias os quatro cavalos de um *britschka*; que não tenha vinte centavos seus, ou jogue ouro pelas janelas, ele é sempre a expressão de um grande pensamento e domina a sociedade.

Quando o senhor Peel[6] entrou na casa do senhor visconde de Chateaubriand, esse se encontrava em um escritório cujos móveis eram todos de carvalho: subitamente, o ministro trinta vezes milionário viu as peças de mobiliário de ouro e de prata maciça que entulham a Inglaterra esmagadas por essa simplicidade.

O artista é sempre grande. Ele possui elegância e vida próprias porque, nele, tudo reflete sua inteligência e sua glória. Tantos artistas, tantas vidas caracterizadas por ideias novas. Neles, a *fashion* deve ser sem esforço: esses seres indomados moldam tudo à sua maneira. Se por acaso se apoderam de uma figura grotesca é para transfigurá-la.

Desta doutrina pode-se deduzir um aforismo europeu:

---

6. Político inglês, Robert Peel (1788-1850) liderou o partido Tory (Conservador) e, em seguida, foi ministro do Interior no governo de Liverpool e Wellington.

VI

Um artista vive como quer ou... como pode.

Sobre a vida elegante

Se deixássemos de definir aqui a vida elegante, este tratado ficaria enfermo. Um tratado sem definição é como um coronel cujas pernas foram amputadas: só pode se mover com dificuldade. Definir é resumir: resumamos, pois.

Definições

A vida elegante é a perfeição da vida externa e material;

Ou melhor:

A arte de gastar seus honorários como homem de espírito;

Ou ainda:

A ciência que nos ensina a nada fazer como os outros, parecendo tudo fazer como eles;

Mas talvez melhor ainda:

O desenvolvimento da graça e do gosto em tudo o que nos é próprio e nos rodeia;

Ou mais logicamente:

Saber estar à altura de sua fortuna.

Segundo nosso honrado amigo E. de G...[7], a vida elegante seria:

7. Émile de Girardin (1806-1881), publicista e político francês, fundou em 1836 o *La Presse*, primeiro jornal vendido a preço módico.

A nobreza transposta para as coisas.

Segundo T.-P.Smith:

A vida elegante é o princípio fecundador da indústria.

De acordo com o senhor Jacotot[8], um tratado sobre a vida elegante é inútil, visto que ele se encontra por inteiro em *Telêmaco* (ver a *Constituição de Salente*).

A se ouvir o senhor Cousin[9], a vida elegante seria, em uma ordem mais elevada de pensamento: "O exercício da razão, necessariamente acompanhada daquele dos sentidos, da imaginação e do coração que, confundindo-se com as instituições primitivas, com as iluminações imediatas do animalismo, vai tingindo a vida com suas cores" (vede se à página 44 do *Curso de história da filosofia* o termo *vida elegante* não é verdadeiramente o desse enigma).

Na doutrina de Saint-Simon[10]:

A vida elegante seria a maior doença que pode afligir uma sociedade, partindo-se do seguinte princípio: "Uma grande fortuna é um roubo".

Seguindo Chodruc[11]: ela é um tecido de frivolidades e ocupações vãs.

---

8. Jean-Louis Jacotot (1770-1840) foi célebre educador. *As Aventuras de Telêmaco* de Fénelon, em leitura de Jacotot, são consideradas como verdadeira arte de reinar e propõem Salente como cidade ideal.

9. Professor de filosofia na Escola Normal Superior, Victor Cousin (1792-1867) é autor de *Curso de história da filosofia*, publicado em 1828.

10. Saint-Simon (1760-1825) é precursor da filosofia positivista e do socialismo. Em *L'Organisateur* (1819-1820), juntamente com Auguste Comte, ele analisa o surgimento da sociedade industrial.

11. Chodruc-Duclos, morto em 1842, conspirou a favor da realeza e recebeu a alcunha de Diógenes moderno.

A vida elegante comporta bem todas essas definições subalternas, perífrases de nosso terceiro aforismo; mas, segundo nós, contém questões ainda mais importantes e, para permanecermos fiéis ao nosso sistema de abreviação, tentaremos desenvolvê-las.

Um povo formado por ricos é um sonho político impossível de ser realizado. Uma nação compõe-se necessariamente de pessoas que produzem e de pessoas que consomem. Como aquele que semeia, planta, rega e colhe é precisamente o que menos come? Esse resultado é um mistério bastante fácil de ser revelado, mas mistério que muitas pessoas se comprazem em considerar como um grande pensamento providencial. A respeito dele talvez daremos a explicação mais tarde, ao chegarmos ao fim da via seguida pela humanidade. Por enquanto, correndo o risco de sermos acusados de aristocracia, diremos francamente que um homem que se encontra no último degrau da sociedade não deve mais pedir contas a Deus sobre seu destino, assim como uma ostra não deve pedir sobre o seu.

Essa observação, a um só tempo filosófica e cristã, sem dúvida decidirá sobre a questão aos olhos das pessoas que meditam sobre as cartas constitucionais; e, como não falamos para outras, prosseguiremos.

Desde que as sociedades existem, um governo sempre foi, necessariamente, um contrato de seguro concluído entre os ricos contra os pobres. A luta intestina produzida por essa pretensa partilha *à Montgomery*[12] excita nos homens

12. Gabriel Montgomery (1530-1574), capitão da guarda escocesa sob Henrique II — rei de França de 1547 a 1559 —, tornou-se um dos chefes protestantes após ferir mortalmente este rei. Morreu decapitado.

civilizados uma paixão geral pela *fortuna*, expressão que tipifica as ambições particulares, pois do desejo de não pertencer à classe sofredora e humilhada derivam a nobreza, a aristocracia, as distinções, os cortesãos, as cortesãs, etc.

Mas essa espécie de febre que leva o homem a ver por todos os lados paus-de-sebo e a se afligir de chegar apenas à quarta, à terça parte ou à metade, forçosamente desenvolveu o amor-próprio exagerado e engendrou a vaidade. Ora, como a vaidade é apenas a arte de se endomingar todos os dias, cada homem sentiu a necessidade de possuir, como uma amostra de seu poder, um sinal encarregado de instruir os transeuntes da praça, onde ele se empoleira sobre o grande pau-de-sebo, no alto do qual os reis fazem seus exercícios. E é assim que os brasões, as librés, os barretes, os cabelos compridos, os cata-ventos, os saltos vermelhos, as mitras, os pombais, o azulejo na igreja e o incenso pelo nariz, as partículas, os laços, os diademas, as moscas, o vermelho, as coroas, os sapatos de ponta relevada, os morteiros, as samarras, a pele fina, o escarlate, as esporas, etc., etc. tornaram-se sucessivamente signos materiais do maior ou menor repouso que um homem poderia ter, do maior ou menor número de fantasias que ele tinha o direito de satisfazer, da maior ou menor quantidade de homens, dinheiro, pensamentos, labores que lhe era possível gastar. Um transeunte distinguia então, apenas ao avistá-lo, um ocioso de um trabalhador, uma cifra de um zero.

Eis que, subitamente, a revolução, assumindo com uma mão firme todo esse guarda-roupa inventado por quatorze séculos e tendo-o reduzido a papel-moeda, trouxe loucamente uma das maiores infelicidades capazes de afligir uma nação. As pessoas ocupadas cansaram-se de trabalhar sozinhas; colocaram na cabeça que deviam partilhar o esforço e o proveito, em porções iguais, com ricos infelizes que nada sabiam fazer, senão se regozijar em sua ociosidade!...

O mundo inteiro, espectador dessa luta, viu os mesmos que se afligiam com esse sistema proscrevê-lo, declará-lo subversivo, perigoso, incômodo e absurdo; e, de repente, de trabalhadores viram-se metamorfoseados em ociosos.

A partir de então, a sociedade reconstituiu-se, voltou a se baronizar, a se contificar, enlaceou-se[13], e as plumas do galo foram encarregadas de ensinar ao pobre povo o que as pérolas heráldicas outrora diziam: "*Vade retro, Satanas!* Atrás de nós, PAISANOS!" País eminentemente filosófico, que experimentou através dessa última tentativa a utilidade, a segurança do velho sistema segundo o qual as nações se construíam, a França regressou sozinha, graças a alguns soldados, ao princípio que levou a Trindade a colocar neste mundo terreno vales e montanhas, carvalhos e gramíneas.

E, no ano da graça de 1804, como no ano MCXX, reconheceu-se que era infinitamente agradável para um homem, ou para uma mulher, dizer a si mesmo olhando para seus concidadãos: "Estou acima deles; eu os enlameio, eu os protejo, eu os governo, e todos veem que eu os governo, os protejo e os enlameio; pois cada homem que enlameia, protege ou governa os outros fala, come, anda, bebe, dorme,

13. Balzac inventa, como se vê, neologismos para descrever a vida elegante tal como era entendida por esses novos ociosos.

tosse, veste-se, diverte-se diferentemente das pessoas enlameadas, protegidas e governadas".

E a VIDA ELEGANTE surgiu!...

E ela elevou-se, toda brilhante, toda nova, toda velha, toda jovem, toda orgulhosa, toda pimpona, toda aprovada, corrigida, aumentada e ressuscitada por esse monólogo maravilhosamente moral, religioso, monárquico, literário, constitucional, egoísta: "Eu enlameio, eu protejo, eu...", etc.

Pois os princípios segundo os quais se conduzem e vivem as pessoas que têm talento, poder ou dinheiro jamais se assemelharão aos da vida comum.

E ninguém deseja ser comum!...

Em essência, a vida elegante é, pois, a ciência das maneiras.

A questão parece-nos agora suficientemente abreviada e também enunciada com sutileza, como se Sua Excelência o conde de Ravez se tivesse encarregado de propô-la na primeira Câmara septenal.

Mas em que raça começa a vida elegante? Todos os ociosos estão aptos a seguir seus princípios?

Eis dois aforismos que devem resolver todas as dúvidas e servir de ponto de partida para nossas observações *fashionáveis*:

VII

Para a vida elegante, a obrigação de ser completo recai apenas ao centauro, ao homem em tílburi.

VIII

Não basta ter-se tornado ou nascido rico para levar uma vida elegante: é preciso ter o sentimento da vida elegante.

"Não imites o príncipe", disse antes de nós Sólon[14], "se não aprendeste a sê-lo."

14. Sólon (640-558 a.C.) foi um dos Sete Sábios de Atenas. Legislador, restabeleceu, graças à diminuição de impostos cobrados dos pobres, a harmonia na cidade, oferecendo-lhe uma constituição mais liberal.

II

Sobre o sentimento da vida elegante

Somente a completa compreensão do progresso social pode produzir o sentimento da *vida elegante*. Essa maneira de viver não é a expressão das relações e das novas necessidades criadas por uma jovem organização já viril? Para entender esse sentimento e vê-lo adotado por todos é, pois, necessário examinar aqui o encadeamento das causas que fizeram surgir a vida elegante do próprio movimento de nossa revolução, pois que outrora ela não existia.

Com efeito, no passado o nobre vivia segundo sua vontade e permanecia sempre um ser à parte. Contudo, os modos do cortesão substituíam, no seio desse povo de saltos vermelhos, as buscas de nossa vida *fashionável*. Mais ainda, o tom da corte data tão somente de Catarina de Médicis[15]. Foram nossas duas rainhas italianas que importaram para

15. Filha de Lourenço II de Médicis, Catarina (1519-1589) foi regente durante a menoridade de Carlos IX. Como mulher política de grande habilidade, procurou contentar protestantes e católicos durante as guerras de religião. Foi, contudo, em grande parte responsável pelo massacre de São Bartolomeu: na noite de 24 de agosto de 1572, protestantes foram massacrados — e seus principais chefes degolados — pelos católicos.

a França os refinamentos do luxo, a graça das maneiras e a mágica do vestuário. À obra começada por Catarina, que introduziu a etiqueta (ver suas cartas a Carlos X) e rodeou o trono de inteligências superiores, deram continuidade as rainhas espanholas, influência poderosa que tornou a corte francesa árbitro e depositária das delicadezas inventadas, sucessivamente, pelos mouros e pela Itália.

Mas, até o reinado de Luís XV, a distinção entre o cortesão e o nobre era dada somente pelos gibões mais ou menos caros, pelas botinas mais ou menos largas, pelo colarinho de pregas, pela cabeleira mais ou menos almiscarada e por palavras mais ou menos novas. Esse luxo, todo pessoal, jamais vinha completo por um conjunto na existência. Cem mil escudos, profusamente gastos em um traje, em uma equipagem, eram suficientes para toda uma vida. Além disso, um nobre de província podia vestir-se mal e saber construir um daqueles edifícios maravilhosos, que têm hoje nossa admiração e causam o desespero de nossas fortunas modernas, enquanto um cortesão ricamente vestido teria fortemente se embaraçado para receber duas mulheres em sua casa. Um saleiro de Benvenutto Cellini[16], comprado ao preço do resgate de um rei, destacava-se frequentemente em uma mesa rodeada de bancos.

Enfim, se passarmos da vida material à vida moral, um nobre podia contrair dívidas, viver nos cabarés, não saber escrever ou falar, ser ignorante, estúpido, prostituir seu

16. Ourives e escultor florentino (1500-1571). Dentre suas obras, destacam-se aquelas produzidas para Francisco I: três estátuas-candelabros, um saleiro de esmalte e de prata que representavam as divindades da terra e do mar.

caráter, dizer tolices: ele permaneceria nobre. O carrasco e a lei ainda o distinguiam de todos os exemplares de Jacques Bonhomme (o admirável tipo das pessoas ocupadas), cortando-lhe a cabeça em vez de enforcá-lo. Ter-se-ia dito o *civis romanus* na França: pois os gauleses[17], verdadeiros escravos, apresentavam-se diante dele como se não existissem.

Essa doutrina foi tão bem compreendida que uma mulher de qualidade vestia-se diante de seus serviçais como se eles fossem bois e não se desonrava ao *furtar* o dinheiro dos burgueses (ver a conversação da duquesa de Tallard na última obra do senhor Barrière[18]); a condessa de Egmont não acreditava cometer uma infidelidade ao amar um plebeu; a senhora de Chaulnes afirmava que uma duquesa não tinha idade para um homem da plebe e o senhor Joly de Fleury logicamente considerava os vinte milhões de dias de trabalho rural gratuito como um acidente no Estado.

Atualmente, os nobres de 1804 ou do ano 1520 nada mais representam. A revolução não era senão uma cruzada contra os privilégios e sua missão não foi totalmente vã. Mas, apesar da aparente melhora impressa à ordem social pelo movimento de 1789, o abuso necessário, constituído pela desigualdade das fortunas, regenerou-se sob novas formas. Não temos, em troca de uma feudalidade risível e decadente, a tripla aristocracia do dinheiro, do poder e do talento que, por mais legítima que seja, joga sobre a massa um peso imenso, impondo-lhe o patriciado do banco,

---

17. Gentil homem queria dizer homem da nação: *gentis homo.* [N.A.]

18. A obra de Jean-François Barrière (1786-1868) evocada por Balzac intitula-se *A Corte e as cidades sob Luís XIV, Luís XV e Luís XVI*, publicada em 1829.

o ministerialismo e a balística dos jornais e da tribuna, estribos das pessoas talentosas? Por isso a França, ao consagrar por seu retorno à monarquia constitucional uma mentirosa igualdade política, não fez senão generalizar o mal: pois somos uma democracia de ricos. Confessemos: a grande luta do século XVIII era um combate singular entre o Terceiro Estado e as ordens. O povo foi tão somente o mais hábil dos auxiliares. Eis porque ainda existem, em outubro de 1830, duas espécies de homens: os ricos e os pobres, as pessoas em carruagens e as pessoas a pé, aqueles que pagaram pelo direito de ser ociosos e aqueles que tentam adquiri-lo. A sociedade expressa-se em dois termos, mas a proposição permanece a mesma. Os homens devem sempre as delícias da vida e o poder ao acaso, que outrora criava os nobres: o talento é fruto de sorte na organização, como a fortuna patrimonial de sorte no nascimento.

No momento em que duas libras de pergaminho nada mais significam, em que o filho natural de um banhista milionário e um homem talentoso têm os mesmos direitos que o filho de um conde, não podemos mais ser distinguidos senão por nosso valor intrínseco. Eis porque em nossa sociedade as diferenças desapareceram: há tão somente nuanças. O *savoir-vivre*, a elegância das maneiras, o *não sei quê*, fruto de uma educação completa, formam assim a única barreira que separa o ocioso do homem ocupado. Se existe um privilégio, ele deriva da superioridade moral.

Donde vem o alto preço que a maioria atribui à instrução, à pureza da língua, à graça da postura, à maneira mais ou menos desenvolta com a qual um traje é usado, à procura dos apartamentos, à perfeição, enfim, de tudo o que procede da pessoa. Não imprimimos nossos costumes, nosso pensamento a tudo o que nos cerca e nos pertence? "Fala, anda, come ou veste-te e eu te direi quem és" substituiu o antigo provérbio, expressão áulica, adágio de privilegiado. Um marechal de Richelieu é hoje uma figura impossível. Um par de França, até mesmo um príncipe, arrisca-se a ficar abaixo de um eleitor com cem escudos se desprezar a si mesmo, pois a ninguém é permitido ser impertinente ou libertino. Quanto mais as coisas sofreram a influência do pensamento, mais os detalhes da vida se enobreceram, depuraram, engrandeceram.

Esta é a imperceptível inclinação pela qual o cristianismo de nossa revolução derrubou o politeísmo do feudalismo, filiação pela qual um sentimento verdadeiro exalou até mesmo nos sinais materiais e mutáveis de nosso poder. E aí está como voltamos ao ponto do qual havíamos partido: à adoração do velocino de ouro. Contudo, o ídolo fala, anda, pensa; em uma só palavra, é um gigante. É por isso que o pobre Jacques Bonhomme permanecerá burro de carga por muito tempo. Uma revolução popular é hoje impossível. Se alguns reis ainda caírem, isso acontecerá, como na França, graças ao frio desdém da classe inteligente.

Assim, para que nossa vida seja distinguida pela elegância não basta hoje ser nobre ou ganhar um quaterno em uma das loterias humanas; é preciso ainda ter sido dotado daquela indefinível faculdade (talvez o espírito de nossos sentidos!) que nos leva sempre a escolher as coisas verdadeiramente belas ou boas, as coisas cujo conjunto está em harmonia com nossa fisionomia, com nosso futuro. Trata-se de um tato sutil, cujo constante exercício pode de súbito revelar as relações, prever as consequências, adivinhar o lugar ou o alcance dos objetos, das palavras, das ideias e das pessoas. Isso porque, para resumir, o princípio da vida elegante é um pensamento superior de ordem e de harmonia, destinado a conferir poesia às coisas. Daí o aforismo seguinte:

IX

Um homem pode se tornar rico; mas ele nasce elegante.

Apoiado nessas bases, visto dessa altura, semelhante sistema de existência não é mais um gracejo efêmero, uma palavra vazia desprezada como um jornal lido pelos pensadores. A *vida elegante* repousa, ao contrário, sobre as mais severas deduções da constituição social. Não é ela o hábito e os costumes das pessoas superiores que sabem usufruir da fortuna e obter do povo o perdão de sua elevação em favor das benfeitorias espalhadas por suas luzes? Não é ela a expressão dos progressos feitos por um país, já que representa todos os seus gêneros de luxo? Enfim, se ela é o sinal de uma natureza aperfeiçoada, todo homem não deveria desejar estudar-lhe os segredos, surpreendê-los?

Então não é mais indiferente desprezar ou adotar as fugidias prescrições da MODA, pois *mens agitat molem*: o espírito de um homem se adivinha à maneira pela qual ele usa sua bengala. As distinções aviltam-se ou morrem ao se banalizarem. Mas há um poder encarregado de estipular novas distinções. Trata-se da opinião: ora, a moda nada foi senão a opinião em matéria de trajes. Sendo o traje o mais enérgico de todos os símbolos, a revolução foi também uma questão de moda, um debate entre a seda e o pano. Mas, a MODA, hoje, não mais se restringe ao luxo da pessoa. O material da vida, tendo sido objeto do progresso geral, recebeu imensos desenvolvimentos. Não há sequer uma de nossas necessidades que não tenha produzido uma enciclopédia, e nossa vida animal liga-se à universalidade dos conhecimentos humanos. Assim, ao ditar as leis da elegância, a moda abraça todas as artes. Ao acolher, ao assinalar o progresso, está à frente de tudo: ela faz as revoluções da música, das letras, do desenho e da arquitetura. Ora, um tratado da vida elegante, reunião dos princípios incomutáveis que devem dirigir a manifestação de nosso pensamento para a vida exterior, é, de certo modo, a *metafísica* das coisas.

III

Dogmas

MONOGRAFIA DA VIRTUDE
Pensai também, senhora, que há perfeições revoltantes.
(Obra inédita do autor)

A Igreja reconhece sete pecados capitais e não admite senão três virtudes teologais. Temos, pois, sete princípios de remorsos contra três fontes de consolação! Nenhuma criatura humana, nem mesmo Santa Teresa e São Francisco de Assis, pôde escapar das consequências dessa proposição fatal.

Apesar de seu rigor, esse dogma governa o mundo elegante, assim como dirige o universo católico. O mal sabe estipular conciliações, o bem segue uma linha severa. Dessa lei eterna podemos extrair um axioma confirmado por todos os dicionários dos *casos de consciência*:

X

O bem possui um único modo, o mal possui mil.

A vida elegante tem assim seus pecados capitais e suas três virtudes cardinais. Sim, a elegância é una e indivisível, como a Trindade, como a liberdade, como a virtude. Daí resultam os mais importantes de todos os nossos aforismos gerais:

XI

O princípio constitutivo da elegância é a unidade.

XII

Não há unidade possível sem o asseio, sem a harmonia, sem a simplicidade relativa.

Mas não é a simplicidade, mais que a harmonia, nem a harmonia, mais que o asseio, que produzem a elegância: ela nasce de uma concordância misteriosa entre essas três virtudes primordiais. Criá-la por todos os lados e subitamente é o segredo dos espíritos naturalmente distintos.

Ao analisar todas as coisas de mau gosto que maculam o vestir-se, os apartamentos, os discursos ou a atitude de um desconhecido, os observadores sempre julgarão que elas pecam por infrações mais ou menos sensíveis contra essa tríplice lei da unidade.

A vida exterior é uma espécie de sistema organizado, que representa um homem tão bem quanto as cores do caracol se reproduzem sobre sua concha. Assim, na vida elegante, tudo se encadeia e tudo se domina. Quando o senhor Cuvier[19] nota o osso frontal, maxilar ou crural de algum animal, não

19. Georges Cuvier (1769-1832), zoólogo e paleontólogo francês, é responsável pela formulação dos princípios anatômicos fundamentais da subordinação dos órgãos.

deduz daí toda uma criatura, mesmo que antediluviana, e não reconstrói a partir daí um indivíduo classificado, seja entre os sáurios ou os marsupiais, seja entre os carnívoros ou os herbívoros?... Esse homem jamais se enganou: seu gênio lhe revelou as leis unitárias da vida animal.

O mesmo se dá com a vida elegante: uma única cadeira deve determinar toda uma série de móveis, como a espora faz supor um cavalo. Determinada indumentária anuncia determinada esfera de nobreza e de bom gosto. Cada fortuna tem sua base e seu cume. Jamais os Georges Cuvier da elegância se expõem a enunciar julgamentos equivocados: dir-vos-ão a que quantidade de zeros, na cifra dos rendimentos, devem pertencer as galerias de quadros, os cavalos de raça pura, os tapetes da Savonnerie[20], as cortinas de seda diáfana, as chaminés de mosaicos, os vasos etruscos e os relógios encimados de uma estátua que escapou ao cinzel dos Cortot ou dos David[21]. Levai a eles, enfim, uma única patera: dela deduzirão toda uma alcova, um quarto, um palácio.

Esse conjunto rigorosamente exigido pela unidade torna solidários todos os acessórios da existência: um homem de gosto, à semelhança de um artista, julga a partir de nada. Quanto mais o conjunto é perfeito, mais um barbarismo é ali sensível. Somente um tolo ou um homem de gênio pode

20. A Savonnerie é a manufatura de tapetes criada em 1604, que foi anexada em 1826 à Manufatura dos Gobelins, a qual, fundada em Paris pelos irmãos Gobelins no século XV, ainda existe e é célebre por seus ateliês e escolas.

21. Chefe da escola neoclássica, David (1748-1825) foi o pintor de Napoleão. É dele o *Marat assassinado* e a *Coroação*.

colocar uma vela em um castiçal. As aplicações dessa grande lei *fashionável* foram bem compreendidas pela célebre mulher (senhora T...), a quem devemos o seguinte aforismo:

XIII

Conhece-se o espírito de uma dona de casa ao se atravessar a soleira de sua porta.

Essa vasta e perpétua imagem que representa vossa fortuna jamais deve ser espécime infiel; do contrário, sereis colocado entre dois perigos: a avareza ou a impotência. Ora, muito vão ou muito modesto, não mais obedeceis àquela unidade, cuja menor consequência é obter um feliz equilíbrio entre vossas forças produtivas e vossa forma exterior.

Um erro tão capital afeta toda uma fisionomia.

Primeiro termo dessa proposição, a avareza já foi julgada. Mas, sem que possam ser acusadas de um vício tão vergonhoso, muitas pessoas, desejosas de obter dois resultados, tentam levar uma vida elegante com economia. Essas pessoas certamente atingem um objetivo: são ridículas. Elas não se parecem, em todos os momentos, com cenógrafos inábeis, cujas decorações deixam à vista as molas, os contrapesos e as corrediças? Elas pecam, assim, contra dois axiomas fundamentais da ciência:

XIV

O efeito mais essencial da elegância é esconder seus meios.

XV

Tudo o que revela uma economia é deselegante.

Com efeito, a economia é um meio. Ela é o nervo de uma boa administração, mas se parece com o óleo que confere flexibilidade e suavidade às rodas de uma máquina: não se deve nem vê-la, nem senti-la.

Esses inconvenientes não são os únicos castigos pelos quais as pessoas parcimoniosas são punidas. Ao limitarem o desenvolvimento de sua existência, elas descem de sua esfera e, apesar de seu poder, colocam-se no mesmo nível daqueles que a vaidade conduz ao erro oposto. Quem não tremerá diante dessa terrível fraternidade?

Quantas vezes não encontrastes, na cidade ou no campo, burgueses semiaristocratas que, ornados de modo excessivo, são obrigados por falta de equipagem a calcular suas visitas, seus prazeres e seus deveres junto a Mathieu Laensberg[22]? Escrava de seu chapéu, *madame* teme a chuva, e *monsieur* teme o sol ou a poeira. Influenciados como os barômetros pela pressão atmosférica, adivinham o tempo, largam tudo e desaparecem à vista de uma nuvem. Molhados e enlameados, culpam-se mutuamente por suas misérias em casa; sempre embaraçados, de nada usufruem.

Essa doutrina foi resumida por um aforismo aplicável a todas as existências, da mulher forçada a levantar seu vestido para se sentar na carruagem ao pequeno príncipe da Alemanha que deseja ter vestes ornadas de tufos:

XVI

Do acordo entre a vida exterior e a fortuna, nasce a abastança.

22. Astrônomo, autor do famoso *Almanaque de Liège.*

Observar religiosamente esse princípio permite a um homem fazer uso, até mesmo em seus menores atos, de uma liberdade sem a qual o encanto não saberia existir. Se mede seus desejos pelo poder, ele permanece em sua esfera sem temer dela decair. Essa segurança de ação, que poderia ser chamada *consciência do bem-estar*, preserva-nos de todas as tempestades ocasionadas por uma vaidade mal compreendida.

É por isso que os especialistas da vida elegante não traçam longos caminhos em tecido verde sobre seus tapetes e não temem as visitas de um velho tio asmático. Eles não consultam o termômetro para sair com seus cavalos. Igualmente submetidos aos encargos da fortuna e de seus benefícios, jamais parecem contrariados com uma perda. Junto a eles, tudo se corrige com o dinheiro, ou se resolve pelo maior ou menor esforço empreendido por seus serviçais. Colocar um vaso, um pêndulo em uma caixa, cobrir os divãs com capas, ensacar um lustre, não significa se assemelhar àquelas boas pessoas que, após terem feito pecúlios para comprar candelabros, logo os vestem com uma gaze espessa? O homem de gosto deve usufruir de tudo o que possui. Como Fontenelle[23], *ele não aprecia as coisas que querem ser muito respeitadas.* A exemplo da natureza, não teme expor seu esplendor diariamente; ele pode reproduzi-lo. Por isso não espera que, semelhantes aos veteranos do Luxemburgo, seus móveis atestem seus serviços pelas inúmeras asnas, para mudá-los de destino; e jamais se queixa do preço excessivo das coisas,

23. Bernard de Fontenelle (1657-1757), filósofo e homem das letras francês, é autor de diversos textos, com particular destaque para *Conversações sobre a pluralidade dos mundos*, publicado em 1686.

pois tudo previu. Para o homem *da vida ocupada*, as recepções são solenidades; tem suas *sagrações* periódicas para as quais faz seus desencaixotamentos, esvazia seus armários e retira a capa de seus bronzes. O homem *da vida elegante*, ao contrário, sabe receber em qualquer ocasião, sem se deixar surpreender. Sua máxima é aquela de uma família cuja glória está associada à descoberta do novo mundo: novo, ele está *semper paratus*, sempre pronto, sempre semelhante a si mesmo. Sua casa, seus serviçais, suas carruagens, seu luxo ignoram o preconceito do domingo. Todos os dias são dias de festa. Enfim, *si magna licet componere parvis*, ele é como o famoso Dessein, que respondia sem se perturbar ao saber da chegada do duque de York:

— "Colocai-o no número 4".

Ou como a duquesa de Abrantes[24] que, rogada na véspera por Napoleão para receber a princesa de Vestfália[25] em Raincy[26], ofereceu no dia seguinte os prazeres de uma caça real, opulentos festins e um baile suntuoso para soberanos.

Todo *fashionável* deve imitar, em sua esfera, esta ampla concordância da existência: ele facilmente obterá maravilhosos resultados através de um constante esmero, de um elegante frescor nos detalhes. O cuidado perpetua a boa graça do conjunto, donde provém o seguinte axioma inglês:

---

24. A duquesa de Abrantes (1784-1838) é a esposa do general Junot, autor de *Memórias*, texto sobre o Império e a Restauração.

25. Em 1807, a Vestfália foi transformada em reino por Napoleão e entregue a seu irmão Jérôme.

26. Em Raincy encontrava-se um belo castelo construído no século XVII por Le Vau. Foi demolido no Segundo Império.

XVII
A boa conservação é o sine qua non da elegância.

A boa conservação não é apenas a condição vital do esmero que nos obriga a imprimir às coisas seu brilho diário: essa palavra expressa todo um sistema.

A partir do instante em que a delicadeza e a graça dos tecidos substituíram, nos costumes europeus, o peso dos panos de ouro e as cotas de armas da laboriosa Idade Média, uma imensa revolução se deu nas coisas da vida. Em vez de enterrar rendimentos em um mobiliário perecível, dele consumimos os lucros em objetos mais leves, menos caros, fáceis de serem renovados; as famílias não foram mais deserdadas do capital.[27]

Esse cálculo de uma civilização avançada conheceu seus últimos desenvolvimentos na Inglaterra. Nessa pátria do confortável, o material da vida é considerado como um grande traje essencialmente mutável e submetido aos caprichos do *fashion*. Os ricos mudam anualmente seus cavalos, suas carruagens, seu mobiliário; até mesmo os diamantes são remontados; tudo adquire uma nova forma. Por isso os móveis mais insignificantes são fabricados segundo esse espírito; ali, as matérias-primas são sabiamente economizadas. Se ainda não atingimos esse

27. O traje de Bassompierre, que aqui citamos em razão da banalidade do fato, custava cem mil escudos de nossa moeda atual. Hoje, o homem mais elegante não gasta quinze mil francos em seu vestuário e renova seus trajes a cada estação. A diferença do capital empregado constitui as diferenças de luxo, que não destroem essa observação; ela aplica-se ao vestuário das mulheres e a todas as partes de nossa ciência. [N.A.]

grau de ciência, fizemos contudo alguns progressos. As pesadas peças de madeira do Império estão inteiramente condenadas, assim como suas carruagens vagarosas e suas esculturas, semi-obras-primas que não satisfazem nem ao artista nem ao homem de gosto. Enfim caminhamos em uma via de elegância e de simplicidade. Se a modéstia de nossas fortunas ainda não permite mutações frequentes, ao menos compreendemos o seguinte aforismo, que domina os costumes atuais:

XVIII

O luxo é menos dispendioso que a elegância.

E tendemos a nos afastar do sistema que fazia com que nossos ancestrais considerassem a aquisição de um móvel um investimento. Instintivamente, todos perceberam que é muito mais elegante e muito mais confortável comer em um serviço de porcelana de cor única do que mostrar aos curiosos uma taça que serviu de modelo a Constantino para a *Fornarina*[28]. As artes produzem maravilhas que os particulares devem deixar aos reis, e monumentos que não pertencem senão às nações. O homem suficientemente tolo para introduzir no conjunto de sua vida uma só amostra de uma existência superior procura parecer o que não é, e cai, então, naquela impotência com a qual procuramos difamar os ridículos. Assim, redigimos a seguinte máxima, buscando esclarecer as vítimas da mania de grandeza:

28. Fornarina, filha de um padeiro — donde sua alcunha —, era uma romana de grande beleza. Por ela se apaixonou Rafael (1483-1520), que pintou seu célebre retrato.

XIX

Sendo a vida elegante um hábil desenvolvimento do amor-próprio, tudo o que revela muito abertamente a vaidade acaba por produzir um pleonasmo.

Coisa admirável!... Todos os princípios gerais da ciência são tão somente corolários do grande princípio que proclamamos: a boa conservação e suas leis são, de certo modo, a consequência imediata da *unidade*.

Muitos censuraram o exagero dos gastos exigidos por nossos despóticos aforismos...

"Que fortuna, disseram-nos, poderá dar conta das exigências de vossas teorias?... No dia seguinte em que uma casa foi outra vez mobiliada, em que um novo tapete foi ali instalado, em que a carruagem foi restaurada, em que a seda de uma alcova foi mudada, um *fashionável* não vem insolentemente apoiar sobre as tapeçarias sua cabeça repleta de pomada? Um homem irado não aparece para sujar propositadamente um tapete? Desajeitados não se engancham à carruagem? E conseguiremos impedir os impertinentes de ultrapassar o umbral sagrado da alcova?"

Tais reclamações, apresentadas com o ar sedutor com o qual as mulheres colorem todas as suas defesas, foram pulverizadas pelo aforismo seguinte:

XX

Um homem de boa companhia não pensa mais ser o mestre de todas as coisas que, nele, devem estar à disposição dos outros.

Um elegante jamais diz, como o rei, *nossa* carruagem, *nosso* palácio, *nosso* castelo, *nossos* cavalos; mas sabe retirar todas essas ações daquela delicadeza real. Feliz metamorfose, com a ajuda da qual um homem parece convidar para a sua fortuna todos os que o cercam. Essa nobre doutrina implica, então, outro axioma, não menos importante que o precedente:

XXI

Admitir uma pessoa em vossa casa significa considerá-la digna de habitar vossa esfera.

É por isso que as pretensas infelicidades, por cujos ultrajes uma pequena dona de casa pede satisfação a nossos dogmas absolutos, podem apenas proceder de um erro de tato imperdoável. Uma dona de casa pode queixar-se em qualquer ocasião de uma falta de cortesia ou de cuidado? Não seria sua culpa? Não existe, para as pessoas de bem, sinais maçônicos em favor dos quais elas devem se reconhecer? Ao receber em sua intimidade apenas seus pares, o homem elegante não tem mais acidentes a temer; se ocorrerem, são fatos devidos ao acaso, dos quais ninguém está a salvo. A antecâmara é uma instituição na Inglaterra, onde a aristocracia fez enormes progressos: poucas são as casas que não têm um locutório. Esta peça destina-se a conceder audiência a todos os inferiores. A maior ou menor distância que separa nossos ociosos dos homens ocupados é representada pela etiqueta. Os filósofos, os críticos, os galhofeiros que zombam das cerimônias não receberiam seu merceeiro, mesmo que ele fosse eleitor do grande colégio, com as mesmas atenções que dedicariam a um marquês. O que não quer dizer que os *fashionáveis* desprezem os trabalhadores: longe disso, têm por eles uma admirável fórmula de respeito social: "São *pessoas estimáveis*".

É igualmente inábil para um elegante zombar da classe industrial, atormentar as abelhas e perturbar um artista que trabalha: isso é de mau tom.

Os salões pertencem, pois, àqueles que têm o *pé elegante*, como as fragatas pertencem àqueles que têm o *pé marinho*. Se não tiverdes refutado nossos prolegômenos, é necessário que aceiteis todas as consequências decorrentes.

Dessa doutrina deriva um aforismo fundamental:

XXII

Na vida elegante, a superioridade é inexistente: aqui, o poder trata com o poder.

Um homem de boa companhia jamais diz a alguém "Tenho a honra de, etc.": ele não é o humilde servo de homem algum.

O sentimento das conveniências dita hoje em dia novas fórmulas, adaptadas às circunstâncias pelas pessoas de bom gosto. Sobre esse ponto, aconselhamos aos espíritos estéreis a consulta das *Cartas* de Montesquieu: o ilustre escritor demonstrou uma rara flexibilidade de talento na maneira pela qual termina os seus mínimos bilhetes, abominando a absurda monografia do "Tenho a honra de ser..."[29].

A partir do momento em que as pessoas da vida elegante representam as aristocracias naturais de um país, elas são obrigadas a trocar deferências na mais completa igualdade.

29. Com efeito, a maioria dos escritores anteriores ao século XIX terminava as dedicatórias de seus livros com fórmulas do gênero "Tenho a honra de ser seu servidor...".

O talento, o dinheiro e o poder conferem os mesmos direitos; o homem que parece fraco e desprotegido ao qual desajeitadamente endereçais um ligeiro sinal de cabeça logo estará no cume do Estado, e aquele que saudais de modo obsequioso amanhã entrará no vazio da fortuna sem poder.

Até aqui, o conjunto de nossos dogmas embaraçou mais o espírito que a forma das coisas. De certo modo, apresentamos a *estética* da vida elegante. Ao procurar pelas leis gerais que regem os detalhes, ficamos menos espantados que surpresos ao descobrir uma espécie de similitude entre os verdadeiros princípios da arquitetura e os que nos restam ainda traçar. Perguntamo-nos, então, se, por acaso, a maioria dos objetos que servem à vida elegante não fazia parte do universo da arquitetura. O traje, a cama, o cupê são os abrigos da pessoa, como a casa é o grande traje que cobre o homem e as coisas para seu uso. Parece que tudo empregamos, até a linguagem, como disse o senhor de Talleyrand[30], para esconder uma vida, um pensamento que, apesar de nossos esforços, atravessa todos os véus.

Sem desejar conferir a esse preceito mais importância do que merece, registraremos aqui algumas dessas regras:

XXIII

A elegância requer imperiosamente que os meios estejam adequados aos fins.

Deste princípio derivam outros dois aforismos, que são sua consequência imediata.

30. Talleyrand, nomeado por Luís Filipe em 1830, foi embaixador em Londres.

XXIV

O homem de bom gosto deve sempre saber reduzir a necessidade à simplicidade.

XXV

É preciso que cada coisa pareça o que é.

XXVI

A prodigalidade dos ornamentos causa danos ao efeito.

XXVII

O ornamento deve ser colocado no alto.

XXVIII

A multiplicidade das cores será de mau gosto em qualquer circunstância.

Apesar da simplicidade dessas leis, as quais alguns *elegantólogos* talvez redigissem, deduzissem ou encadeassem melhor, não concluiremos sem fazer com que os neófitos do *fashion* observem que o bom gosto não resulta do conhecimento de tais regras, mas de sua aplicação. Um homem deve praticar essa ciência com a desenvoltura empregada para falar sua língua materna. É perigoso balbuciar no mundo elegante. Não vistes com frequência *semi-fashionáveis* que se cansam de buscar a graça, que se incomodam ao ver uma prega a menos em sua camisa e que suam sangue para atingir uma falsa correção, semelhantes àqueles pobres ingleses que sacam de sua pequena bolsa a qualquer palavra? Lembrai, pobres cretinos da vida elegante, que de nosso 24º aforismo resulta essencialmente aquele outro princípio, vossa eterna condenação:

XXIX

A elegância forçada está para a verdadeira elegância como a peruca está para os cabelos.

Essa máxima implica, com severa consequência, o seguinte corolário:

XXX

O dandismo é uma heresia da vida elegante.

Com efeito, o dandismo é uma afetação da moda. Ao se fazer dândi, um homem torna-se um móvel de alcova, um manequim extremamente engenhoso que pode montar um cavalo ou um canapé, que morde ou suga habitualmente a ponta de uma bengala, mas um ser pensante... jamais! O homem que vê apenas a moda na moda é um tolo. A vida elegante não exclui nem o pensamento nem a ciência: consagra-os. Ela não deve apenas ensinar a usufruir o tempo, mas a empregá-lo em uma ordem de ideias extremamente elevada.

Já que encontramos, ao começar esta terceira parte de nosso tratado, alguma semelhança entre nossos dogmas e os do cristianismo, nós a terminaremos emprestando da teologia termos escolásticos, próprios para examinar os resultados obtidos por aqueles que sabem aplicar nossos princípios com maior ou menor felicidade.

Um novo homem se produz, sua equipagem é de bom gosto; ele recebe maravilhosamente, seus serviçais não são grosseiros; oferece excelentes jantares; está informado sobre a moda, sobre a política, sobre as novas palavras, sobre os usos efêmeros; chega mesmo a criá-los; nele, enfim, tudo tem um caráter de confortabilidade exata. Ele é, de certo modo, o *metodista* da elegância e caminha à altura do século. Nem gracioso, nem desagradável, jamais citareis uma palavra inconveniente que ele tenha pronunciado; dele jamais escapa sequer um gesto de mau tom... Não terminemos essa pintura; semelhante homem tem a *graça suficiente.*

Todos nós não conhecemos um amável egoísta que detém o segredo de nos falar dele sem nos desagradar? Nele, tudo é gracioso, fresco, estudado, até mesmo poético. Ele causa inveja. Ao mesmo tempo em que vos associa a seus deleites, a seu luxo, parece temer vossa falta de fortuna. Sua deferência, toda discursiva, é uma polidez aperfeiçoada. Para ele, a amizade é um tema do qual conhece admiravelmente bem a riqueza e do qual mede as modulações conforme o diapasão de cada pessoa.

Sua vida é marcada por uma personalidade perpétua, para a qual obtém perdão graças às suas maneiras: artista com os artistas, velho com um ancião, criança com as crianças, seduz sem agradar, pois nos mente em seu interesse e diverte-nos de modo calculista. Detém-nos e afaga-nos porque se entedia, e, se percebemos, hoje, que fomos enganados, amanhã iremos ainda nos deixar enganar... Semelhante homem tem a *graça essencial.*

Mas existe uma pessoa cuja voz harmoniosa imprime ao discurso um encanto que se espalha igualmente pelas suas maneiras. Ela sabe falar e calar-se, preocupa-se convosco com delicadeza, manuseia apenas assuntos de conversação convenientes; sua linguagem é pura, sua zombaria acaricia e sua crítica não fere. Longe de contradizer com a ignorante segurança de um tolo, ela parece buscar, em vossa companhia, o bom senso ou a verdade. Não disserta nem discute; compraz-se em conduzir uma discussão à qual põe fim oportunamente. De humor estável, seu ar é afável e sorridente. Sua polidez nada tem de forçado, sua solicitude não é servil; ela reduz o respeito a uma doce sombra; jamais vos fatiga e deixa-vos satisfeito com ela e convosco. Alçada em sua esfera por um poder inexplicável, encontrareis seu espírito impresso, sem repugnância alguma, sobre as coisas que a rodeiam; nela, tudo acaricia a visão e, nela, respirais como o ar de uma pátria. Na intimidade, essa pessoa seduz em razão de seu tom ingênuo. Ela é natural. Não há nunca esforço, luxo, estardalhaço; seus sentimentos são simplesmente expressos porque são verdadeiros. Ela é franca, sem ofender amor-próprio algum. Ela aceita os homens como Deus os fez, perdoando-lhes os defeitos e os ridículos, compreendendo todas as idades e não se irritando com nada, porque tem o tato de tudo prever. Ela serve antes de consolar, é terna e alegre: vós a amareis de modo irresistível. Vós a tomais como paradigma e lhe devotais um culto.

Semelhante pessoa tem a *graça divina e concomitante.*

Charles Nodier[31] soube personificar esse ser ideal em seu *Ondet*, graciosa figura à qual a magia do pincel não trouxe danos. Mas não basta ler a resenha: é preciso ouvir o próprio Nodier contar algumas particularidades, tão

31. Escritor (1780-1844), jornalista, colaborador do *Journal des débats*, Nodier se tornou conservador da Biblioteca do Arsenal de Paris em 1824, onde recebe, à maneira dos salões clássicos, escritores românticos, sobretudo Victor Hugo.

relacionadas à vida privada que são difíceis de ser escritas. Somente assim concebereis a potência prestigiosa dessas criaturas privilegiadas...

Esse poder magnético é o grande objetivo da vida elegante. Devemos, todos nós, apoderarmo-nos dele. Mas a vitória é sempre difícil, pois a causa do sucesso reside em uma bela alma. Felizes aqueles que o exercem! É tão agradável ver tudo nos sorrir, a natureza e os homens!...

Os cimos foram inteiramente percorridos; ocupemo-nos agora dos detalhes.

IV

Sobre o vestuário em todas as suas partes

— Acreditais que é possível ser homem de talento sem todas essas tolices?
— Sim, senhor, mas sereis um homem de talento mais ou menos amável, bem ou mal educado, respondeu ela.
(Desconhecidos conversando em um salão)

Devemos ao senhor Auger[32], jovem escritor cujo espírito filosófico conferiu graves aspectos às mais frívolas questões do mundo, um pensamento que transformaremos em axioma:

XXXI
O vestuário é a expressão da sociedade.

Essa máxima resume todas as nossas doutrinas e contém-nas de modo tão virtual que nada mais pode ser dito que não seja um desenvolvimento mais ou menos feliz desse sábio aforismo.

---

32. Autor de uma *Fisiologia do teatro*, Louis-Simon Auger (1773-1829) foi, quando jovem, amigo de Balzac.

O erudito ou o homem do mundo elegante que desejar compreender, a cada época, os costumes de um povo, fará assim a história mais pitoresca e a mais nacionalmente verdadeira. Explicar a longa cabeleira dos francos, a tonsura dos monges, os cabelos raspados do servo, as perucas de Popocambou, o pó aristocrático e os *titus*[33] de 1790 não equivaleria a contar as principais revoluções de nosso país? Perguntar a origem dos sapatos com pontas relevadas, das algibeiras, dos barretes, do cocar, dos cestos, das anáguas de crinolina, das luvas, das máscaras, do veludo, é levar um *modílogo*[34] ao terrível dédalo das leis sumtuárias e a todos os campos de batalha onde a civilização triunfou sobre os costumes grosseiros trazidos para a Europa pela barbárie da Idade Média. Se a Igreja excomungasse sucessivamente os padres que usaram calções e os que os substituíram pelas calças; se a peruca dos cânones de Beauvais ocupou outrora o parlamento de Paris durante meio século, é porque essas coisas de aparência fútil representavam desejos, ideias ou interesses: seja o pé, seja o busto, seja a cabeça, sempre vereis um progresso social, um sistema retrógrado ou alguma luta obstinada formularem-se com a ajuda de uma parte qualquer da indumentária. Ora o calçado anuncia um privilégio, ora o barrete, o boné ou o chapéu assinalam uma revolução; ali, um bordado ou um fular; aqui, laços ou algum ornamento de palha exprimem um partido: e assim

33. Trata-se de um modo de cortar os cabelos, curtos atrás e na frente, semelhantes aos das estátuas antigas do imperador romano Tito — daí o nome do corte.

34. Neologismo criado por Balzac: um “modílogo” é um monólogo sobre a moda.

pertencereis aos cruzados, aos protestantes, aos Guise[35], à Liga[36], ao Béarnais ou à Fronda[37].

Possuís um boné verde? Sois um homem sem honra.

Possuís uma roda amarela, à guisa de condecoração, em sua cota? Ide de lá, pária da cristandade!... Judeu, retornai a teu lupanar na hora do toque de recolher ou serás punido com uma multa.

Ah! Jovem moça, tens *anéis* de ouro, colares miríficos e brincos de orelha que brilham como teus olhos de fogo!... Cuidado! Se o sargento da cidade te vê, prender-te-á e encarcerar-te-á por terdes assim *descido* para a cidade, correndo, louca com teu corpo, pelas ruas, onde fazes brilhar os olhos dos velhos, dos quais tu arruínas as escarcelas!...

Possuís as mãos brancas?... Sereis degolado aos gritos de: "Viva Jacques Bonhomme! Morte aos senhores!".

Possuís uma cruz de Santo André?... Voltai sem medo a Paris: João-Sem-Medo[38] ali reina.

---

35. Da família dos Guise, destaque-se Henrique I, duque de Guise, um dos responsáveis pelo massacre de São Bartolomeu.

36. Trata-se de uma confederação do partido católico, formada no século XVI e fundada pelo duque de Guise.

37. Partido político francês responsável pela guerra civil ocorrida entre 1648-1653: os chamados frondeurs rebelaram-se contra o cardeal Mazarin (1602-1661), durante a menoridade de Luís XIV (1638-1715).

38. Duque de Bourgogne, João-Sem-Medo (1371-1419) foi príncipe enérgico e violento, responsável pelo assassinato de Luís, duque de Orléans, em 1407. Tentou aproximar-se do delfim Carlos VII, mas, antes de concretizar a aliança, foi assassinado por alguns conselheiros do futuro rei — o qual ficou conhecido como Carlos VII, o Vitorioso; é o rei por quem Joana D'Arc combateu os ingleses.

Usais o cocar tricolor?... Fugi!... Marseille vos assassinará, pois os últimos canhões de Waterloo[39] cuspiram-nos a morte e os velhos Bourbons!

Por que o vestuário seria então o mais eloquente dos estilos, se ela não era mesmo todo o homem, o homem com suas opiniões políticas, o homem com o texto de sua existência, o homem *hieroglifado*? Ainda hoje, a *vestegnomonia*[40] tornou-se praticamente um ramo da arte criada por Gall e Lavater. Embora estejamos hoje todos vestidos quase da mesma maneira, é fácil para o observador encontrar em meio à multidão, no seio de uma assembleia, no teatro, no passeio, o homem do Marais, do faubourg Saint-Germain, do Quartier Latin, da Chaussée-d'Antin[41]; o proletário, o proprietário, o consumidor e o produtor, o advogado e o militar, o homem que fala e o homem que age.

Os intendentes de nossos exércitos não reconhecem os uniformes de nossos regimentos com prontidão maior que a do fisiologista, que distingue as librés impostas ao homem pelo luxo, pelo trabalho ou pela miséria.

Instalai ali um porta-casacos, colocai trajes nele!...

Pois bem! Mesmo que tenhais passeado como um tolo que nada sabe ver, adivinhareis o burocrata pelo desbotamento

39. Vale lembrar que Waterloo é o nome da cidade belga onde Napoleão I foi vencido pelos exércitos da Inglaterra e da Prússia em 18 de junho de 1815. Diga-se ainda que se trata de um lugar fetiche para duas das mais importantes personagens masculinas do romance oitocentista francês: Julien Sorel, de *O Vermelho e o Negro*, e Fabrice Del Dongo, de *A Cartuxa de Parma*, romances de Stendhal.

40. Balzac inventa, pois, mais um neologismo, aproveitando-se do termo "fisiognomonia": ele se refere aqui à arte de conhecer os homens através de seus trajes.

41. Balzac refere-se aqui a bairros parisienses frequentados por pessoas de modos e trajes diferentes.

das mangas, pela larga listra horizontal impressa nas costas pela cadeira, contra a qual se apoia tão frequentemente ao beliscar uma pitada de tabaco ou ao repousar das fadigas da preguiça. Admirareis o homem de negócios pelo exagero de sua pasta; o *flâneur*, pelo deslocamento das algibeiras, nas quais sempre coloca as mãos; o lojista, pela extraordinária abertura dos bolsos, sempre bem fendidos, como a se queixarem de perder seus pacotes habituais. Enfim, uma gola mais ou menos limpa, empoada, engomada, gasta; botoeiras mais ou menos desbotadas; abas que pendem, a rijeza de um bocassim novo, são os diagnósticos infalíveis das profissões, dos costumes ou dos hábitos. Eis o traje fresco do dândi, o *elbeuf*[42] daquele que vive de rendas, o redingote curto do corretor sem licença, o fraque com botões de ouro areado do habitante provinciano de Lyon ou a casaca imunda do avaro.

Brummel[43] tinha razão ao entender o VESTUÁRIO como o ponto culminante da vida elegante: ela domina as opiniões, determina-as. Ela reina! Talvez isso seja uma desgraça, mas assim caminha o mundo. Lá onde há muitos tolos, as tolices perpetuam-se; e claro está que é preciso então reconhecer esse pensamento como axioma:

XXXII

O desleixo do vestuário é um suicídio moral.

42. Trata-se de um tecido delicado, fabricado principalmente na cidade normanda de Elbeuf, donde o seu nome.

43. George Bryan Brummel (1778-1840), dândi inglês dos mais célebres, ditou a elegância em Londres antes de se estabelecer, já decadente, em Paris.

Mas se o vestuário é o homem todo, ela é ainda mais toda a mulher. A menor incorreção em uma indumentária pode relegar uma duquesa desconhecida aos últimos estratos da sociedade.

Princípios ecumênicos do vestuário

As pessoas que se vestem à maneira do manobreiro, cujo corpo endossa cotidiana e despreocupadamente o mesmo envelope, sempre imundo e fétido, são tão numerosas quanto aqueles tolos que andam pelo mundo para ali nada ver, morrendo sem ter vivido, desconhecendo a um só tempo o valor das iguarias e o poder das mulheres, não dizendo sequer um chiste ou uma tolice. Mas: "meu Deus, perdoai-os, pois eles não sabem o que fazem!"

Se for o caso de convertê-los à elegância, compreenderão algum dia esses axiomas fundamentais de todos os nossos conhecimentos?

XXXIII

O bruto cobre-se, o rico ou o tolo enfeitam-se, o homem elegante veste-se.

XXXIV

O vestuário é a um só tempo uma ciência, uma arte, um hábito, um sentimento.

Com efeito, que mulher de quarenta anos deixará de reconhecer no vestuário uma ciência profunda? Não confessais que seria impossível existir graça nos trajes se não estiverdes acostumados a usá-los? Haveria algo de mais ridículo que uma jovem serviçal em vestido de gala? E quanto ao sentimento da toalete, quantos devotos contareis no mundo, mulheres e homens aos quais são ofertados ouro, tecidos, sedas, as mais maravilhosas criações do luxo, e que se servem disso tudo para ostentar ares de um ídolo japonês?! Daí resulta um aforismo igualmente verdadeiro, que sempre poderá ser estudado, até mesmo pelas *coquettes* eméritas e pelos professores de sedução:

XXXV

A toalete consiste menos nos trajes que em uma determinada maneira de usá-los.

Por isso, não é tanto o tecido em si quanto seu espírito que é preciso captar. Há na mais recôndita das províncias, e mesmo em Paris, um bom número de pessoas capazes de cometer, no que diz respeito às novas modas, o erro daquela duquesa espanhola: ao receber uma preciosa bacia de estrutura desconhecida, entreviu que sua forma a destinava a aparecer sobre a mesa; ofereceu então aos olhares dos convivas carnes cozidas trufadas, deixando de aliar as ideias de asseio à porcelana dourada desse necessário móvel.

Hoje em dia, nossos costumes modificaram de tal modo o traje que não há mais trajes, propriamente falando. Todas as famílias europeias adotaram o tecido, porque os grandes senhores, assim como o povo, como por instinto, compreenderam a grande verdade a seguir: vale bem mais usar tecidos finos e possuir cavalos que disseminar sobre uma roupa as pedrarias da Idade Média e da monarquia absoluta. Reduzida então ao vestuário, a elegância consiste em uma extrema busca de detalhes na indumentária: trata-se menos de simplicidade do luxo que de um luxo de simplicidade. É certo que há uma outra elegância; ela não é senão a vaidade no vestuário. Ela leva certas mulheres a usarem adereços bizarros para se fazer notar, a se servirem de presilhas em diamantes para prender um nó, a colocarem uma argola brilhante no laço de uma fita; são como certos mártires da moda, pessoas com cem luíses de renda que moram em uma mansarda, que desejam *se pôr no último gênero*, que têm pedras preciosas em sua camisa pela manhã, que pregam suas calças com botões de ouro, que prendem seus óculos com correntes e que vão jantar no Tabar!... Muitos são os Tântalos[44] que ignoram, talvez de propósito, o axioma:

XXXVI
O vestuário jamais deve ser um luxo.

Muitas pessoas, mesmo aquelas a quem atribuímos alguma distinção nas ideias, instrução e superioridade de coração, têm dificuldade em reconhecer o ponto de interseção que separa o vestuário para se andar a pé do vestuário para se andar de carruagem!

Que prazer inefável para o observador, para o conhecedor, encontrar pelas ruas de Paris, nos bulevares, aquelas mulheres de gênio que, após terem assinado seu nome, sua posição,

44. Tântalo é a personagem mitológica que, a mando de Júpiter, foi jogada ao precipício, no Tártaro, e condenada a uma sede e fome devoradoras. O castigo adveio em razão de Tântalo ter servido aos deuses os membros de seu próprio filho. Na literatura, a figura de Tântalo representaria a ambição que desmorona quando está prestes a se concretizar.

sua fortuna no sentimento de sua toalete, nada parecem aos olhos do comum; são como um poema para os artistas, para as pessoas mundanas ocupadas em flanar! Trata-se de uma concordância perfeita entre a cor do traje e os desenhos; de um remate nos ornatos, revelador da mão engenhosa de uma hábil camareira. Essas altas potências femininas sabem se conformar maravilhosamente bem ao humilde papel de pedestre, porque experimentaram inúmeras vezes as astúcias autorizadas para uma equipagem: somente as pessoas habituadas ao luxo da carruagem sabem se vestir para andar a pé.

É a uma dessas encantadoras deusas parisienses que devemos as duas fórmulas seguintes:

XXXVII

A equipagem é um passaporte para tudo o que uma mulher deseja ousar.

XXXVIII

O soldado de infantaria sempre deverá lutar contra um preconceito.

Donde resulta que o axioma seguinte deve, antes de mais nada, regular os vestuários dos prosaicos pedestres:

XXXIX

Tudo o que visa o efeito é de mau gosto, à semelhança de tudo aquilo que é tumultuoso.

Por falar nisso, Brummel legou-nos a mais admirável máxima sobre o assunto e o assentimento da Inglaterra a consagrou:

XL

Se o povo vos olha atentamente, não estais bem trajado: estais excessivamente bem vestido, excessivamente engomado, ou excessivamente afetado.

Segundo essa sentença imortal, todo soldado de infantaria deve passar desapercebido. Seu triunfo é ser a um só tempo comum e distinto, reconhecido pelos seus e desconhecido da multidão. Se Murat[45] fez-se chamar rei Franconi, julgai a severidade com a qual o mundo perseguiu um vaidoso! Ele cai abaixo do ridículo. Muita afetação é, talvez, um vício maior que a falta de cuidado, e o axioma seguinte fará sem dúvida tremer as mulheres com pretensões:

XLI

Adiantar-se à moda é transformar-se em caricatura.

Resta-nos, agora, destruir o mais grave de todos os erros que uma falsa experiência impõe a espíritos pouco acostumados a refletir e observar. Mas daremos, sem comentários e despoticamente, nosso decreto soberano, deixando às mulheres de bom gosto e aos filósofos de salão a oportunidade de discuti-lo:

XLII

O traje é como um verniz: tudo põe em relevo. E o vestuário foi inventada muito mais para destacar as vantagens corporais do que para dissimular imperfeições.

45. Joachim Murat (1767-1815) era o cunhado de Napoleão I, marido de Caroline Bonaparte. Foi marechal e rei de Nápoles de 1808 a 1815. Ao ser obrigado a abandonar seu reino, tentou reconquistá-lo, mas morreu fuzilado.

Daí o corolário natural:

XLIII

Tudo aquilo que um vestuário procura esconder, dissimular, realçar ou aumentar mais do que a natureza ou a moda permitem será sempre julgado vicioso.

Assim, toda moda que visa a uma mentira é essencialmente passageira e de mau gosto.

Segundo esses princípios, derivados de uma jurisprudência exata, baseados na observação e decorrentes do mais severo dos cálculos do amor-próprio humano ou feminino, fica evidente que uma mulher malfeita, arqueada, corcunda ou manca deve tentar, por polidez, diminuir os defeitos de sua estatura; mas ela seria menos que uma mulher se imaginasse que produz a mais leve ilusão. A senhorita de la Vallière claudicava graciosamente, e mais de uma mulher corcunda sabe se vingar servindo-se dos encantos do espírito ou das resplandecentes riquezas de um coração apaixonado. Não sabemos quando as mulheres compreenderão que um defeito traz imensas vantagens!... O homem ou a mulher perfeitos são os seres mais nulos.

Terminaremos essas reflexões, passíveis de serem aplicadas em todos os países, com um axioma que dispensa comentários:

XLIV

Um rasgão é uma infelicidade, uma mancha é um vício.

Outubro-novembro de 1830.

TEORIA DO MOVER-SE

A que atribuir, senão a uma substância elétrica, a magia com a qual a vontade entroniza-se tão majestosamente no olhar para fulminar os obstáculos aos comandos do gênio, ou penetra, apesar das hipocrisias, no envelope humano?

História intelectual de Louis Lambert[1]

No estado atual do conhecimento humano, esta teoria é, a meu ver, a mais nova ciência a ser estudada e, por isso mesmo, a mais curiosa. Ela é quase virgem. Espero poder demonstrar a razão coeficiente dessa preciosa virgindade científica através de observações úteis para o espírito humano. Encontrar alguma curiosidade desse gênero, seja lá onde for, já era algo bastante difícil na época de Rabelais; mas talvez seja ainda mais difícil explicar sua existência nos dias atuais: não é preciso que tudo, vícios e virtudes, tenha adormecido a seu redor? A esse respeito, sem ser o senhor Ballanche, Perrault teria, na *Bela Adormecida*, transformado involuntariamente a ciência em mito. Admirável privilégio dos homens cujo gênio é feito de plena ingenuidade! Suas obras são diamantes talhados em facetas que refletem e fazem

1. Romance de Balzac publicado em 1833.

irradiar as ideias de todas as épocas. Lautour-Mézeray[2], homem de espírito, que sabe melhor que ninguém extorquir o pensamento, não descobriu no *Gato de Botas* o mito do *anúncio*, anúncio das potências modernas que consome tudo aquilo cujo valor é impossível de ser encontrado no Banco de França, isto é, tudo o que há de espirituoso no público mais tolo, tudo o que há de credulidade na época mais incrédula, tudo o que há de simpático nas entranhas do século mais egoísta?

Ora, em uma época em que toda manhã se levanta um número incomensurável de cérebros famintos de ideias — porque sabem pesar o que há de dinheiro em uma ideia — e de apressados para partir à sua caça — pois cada nova circunstância sublunar cria uma ideia que lhe é própria —, não haveria um pouco de mérito em encontrar em Paris, em um terreno bem conhecido, alguma ganga da qual se possa ainda extrair uma palheta de ouro?

Quanta pretensão. Mas perdoai ao autor seu orgulho: fazei melhor, dizei que ele é legítimo. Não é mesmo extraordinário ver que, desde que o homem se move, ninguém se tenha perguntado por que ele se move, como se move, se o faz, se pode se mover melhor, o que faz ao se mover, se não há meio de impor, de mudar, de analisar seu mover-se: não são questões que dizem respeito a todos os

2. Balzac talvez se refira a François-Eudes de Mézeray (1610-1683), historiador e autor de uma *História da França*. Mézeray teria escrito um panfleto político contra Mazarin, cardeal que governou durante a menoridade de Luís XIV. Seu espírito cáustico e rebelde — participou da Fronda (1648-1653), nome que se atribuiu à revolta civil causada pela má política financeira do ministro Colbert — fez com que perdesse suas funções de historiador do rei.

sistemas filosóficos, psicológicos e políticos com os quais se preocupou o mundo?

Ora, pois! O falecido senhor Mariette[3], da Academia das Ciências, calculou a quantidade de água que passava em cada mínima fração do tempo, sob cada um dos arcos do Pont-Royal, através da observação das diferenças introduzidas pela lentidão das águas, pela abertura do arco, pelas variações atmosféricas das estações do ano! Não passou pela cabeça de nenhum cientista procurar, medir, pesar, analisar, formular, com o auxílio do binômio, que quantidade fluida o homem, com um mover-se mais ou menos rápido, poderia perder ou economizar de força, de vida, de ação, de não sei quê, gastos em ira, em amor, em conversa e em digressão!

Infelizmente, uma multidão de homens, todos diferenciados pela amplidão da caixa cerebral e pelo peso, pelas circunvoluções de seus miolos; especialistas em mecânica, geômetras enfim, deduziram milhares de teoremas, de proposições, de lemas, de corolários sobre o movimento aplicado às coisas, revelaram as leis do movimento celeste, compreenderam as marés em todos os seus caprichos e subjugaram-nas em algumas fórmulas de incontestável segurança marinha. Mas ninguém, nem fisiologista, nem médico sem doentes, nem cientista desocupado, nem louco de Bicêtre[4] ou especialista em estatística cansado de contar

3. Célebre egiptólogo francês, Auguste-Edouard Mariette (1821-1881) foi o fundador do museu de Boulak, no Egito. É o descobridor das ruínas do templo de Serapeum em Mênfis, antiga cidade do Egito.

4. A cidade de Bicêtre, na periferia de Paris, ficou conhecida no século XVII pela construção, sob ordens de Luís XIII, de um magnífico hospital para idosos e alienados mentais.

seus grãos de trigo, nada de humano quis pensar nas leis do movimento aplicado ao homem!

Que coisa! Encontrareis com maior facilidade o *De pantouflis veterum*, invocado por Charles Nodier[5] em sua zombaria muito pantagruélica da *História do rei de Boêmia*, que um volume sequer do *De re ambulatoria!...*

E, contudo, há duzentos anos o conde Oxenstiern[6] disse:

"Os soldados e os cortesãos cansam-se pelo fato de mover-se!"

Um homem já quase esquecido, homem afogado no oceano dos trinta mil nomes célebres acima dos quais sobrevive com grande dificuldade uma centena de nomes, Champollion[7], consumiu sua vida lendo hieróglifos, transição das ideias humanas configuradas com ingenuidade ao alfabeto caldeu encontrado por um pastor, aperfeiçoado por mercadores; outra transição da vocalização escrita à imprensa, que definitivamente consagrou a palavra. E ninguém quis revelar o segredo dos perpétuos hieróglifos do mover-se humano!

Ao pensar nisso, imitando Sterne, que copiou um pouco Arquimedes[8], fiz estalar meus dedos, joguei meu barrete para o alto e exclamei: Eureca (encontrei)!

---

5. Charles Nodier (1780-1844) celebrizou-se por seus contos plenos de atmosfera fantástica. Responsável pela Biblioteca do Arsenal, cujo primeiro acervo remonta ao século XVIII, lá reunia importantes escritores românticos.

6. O conde Axel de Oxenstiern, homem de Estado sueco (1583-1654), foi tutor da Rainha Cristina, protetora de René Descartes (1596-1650), pai do racionalismo e do sujeito moderno, autor do *Discurso do Método* e das *Meditações*.

7. Orientalista francês, Jean-François Champollion (1790-1832) foi o primeiro a decifrar os hieróglifos egípcios em 1822.

8. Laurence Sterne, escritor inglês (1713-1768), é autor dos conhecidos *Tristam Shandy* e *Viagem Sentimental*. Arquimedes é o ilustre sábio antigo, nascido

Mas então por que essa ciência recebeu as honras do esquecimento? Não é ela tão profunda, tão frívola, tão derrisória quanto todas as outras ciências? Não há, pois, um pequeno e belo disparate, careta dos demônios impotentes, no fundo desses raciocínios? Não será o homem aqui sempre mais nobremente bufão que em qualquer outro lugar? Não será ele aqui, sempre, o senhor Jourdain[9], que faz prosa sem sabê-lo, que se move sem conhecer tudo o que seu mover-se suscita de altas questões? Por que o mover-se do homem foi deixado de lado, e por que se preferiu estudar o mover-se dos astros? Não seremos aqui, assim como alhures, igualmente felizes, igualmente infelizes (com exceção das doses individuais daquele fluido chamado tão impropriamente imaginação), quer saibamos, quer ignoremos tudo dessa nova ciência?

Pobre homem do século XIX! Com efeito, que deleites tu definitivamente retiraste da certeza de ser, segundo Cuvier[10], o recém-chegado nas espécies, ou o ser progressivo, segundo Nodier? Da segurança que te foi dada da estadia autêntica do mar sobre as mais elevadas montanhas? Do conhecimento infalível que destruiu o princípio de todas as religiões asi-

---

em Siracusa, responsável pela descoberta do princípio que levaria seu nome — o princípio de Arquimedes —: todo corpo mergulhado em um fluido sofre um empuxo vertical, dirigido de alto a baixo, igual ao peso do fluido deslocado. Ao descobri-lo, um dia, quando tomava seu banho, teria exclamado "Eureca! Eureca!"

9. Trata-se da célebre personagem de *O burguês fidalgo*, comédia de Molière. O senhor Jourdain é um comerciante enriquecido que, desejoso de se tornar um fidalgo (um *gentilhomme*), tem aulas de boas maneiras.

10. O barão Georges Cuvier, zoólogo e paleontólogo francês (1769-1832), é o criador do método da anatomia comparada e da paleontologia.

áticas, a felicidade passada de tudo o que foi, negando ao sol, graças ao órgão de Herschell[11], seu calor, sua luz? Que tranquilidade política destilaste dos fluxos de sangue derramados por quarenta anos de revoluções? Pobre homem! Perdeste as marquesas, as pequenas ceias, a Academia Francesa; tiveste a cólera e não mais pudeste açoitar teus serviçais. Sem Rossini, sem Taglioni, sem Paganini, não mais te divertirás. Pensas, contudo, se não conseguires deter o frio espírito das novas instituições a cortar as mãos de Rossini, as pernas de Taglioni, o arco de Paganini. Após quarenta anos de revoluções, aos modos de um aforismo político, Bertrand Barère[12] publicou o seguinte:

"Não interrompas uma mulher que dança para lhe dar uma opinião."

Tal sentença me foi roubada. Não pertence ela essencialmente aos axiomas de minha teoria?

Perguntareis por que tanta ênfase nessa ciência prosaica, por que soprar tão forte o trompete no que diz respeito à arte de levantar os pés? Não sabeis que a dignidade em todas as coisas está sempre em razão inversa à da utilidade?

---

11. O alemão William Herschell (1738-1822) é o descobridor do planeta Urano e de seus satélites. É autor de um catálogo de estrelas.

12. Presidente da Assembleia Nacional durante o período revolucionário conhecido como Terror — durante o qual se organizou o tribunal criminal extraordinário para julgar os suspeitos —, Bertrand Barère (1755-1841) dirigiu o processo de Luís XVI: votou pela morte deste, sem outorgar à defesa possibilidades de apelação e pedido de *sursis*. Organizador do Terror, ficou conhecido pela alcunha de Anacreão da Guilhotina — alusão ao poeta lírico grego Anacreão (560-478 a.C.), a quem se atribuem odes que celebram o prazer e a boa mesa.

Pronto, essa ciência me pertence! Antes de todos, nela planto a haste de minha bandeira, à semelhança de Pizarro[13], que gritou: "Isto pertence ao rei de Espanha!", quando colocou os pés na América. Entretanto, ele deveria ter acrescentado alguma pequena proclamação de investidura em favor dos médicos.

No entanto, é verdade que Lavater disse antes de mim que uma vez que tudo é homogêneo no homem, seu mover-se devia ser ao menos tão eloquente quanto sua fisionomia: o mover-se é a fisionomia do corpo. Mas se tratava de uma dedução natural de sua primeira proposição: *Tudo em nós corresponde a uma causa interna.* Levado pelo amplo andamento de uma ciência que erige em arte distinta as observações relativas a cada uma das manifestações particulares do pensamento humano, era-lhe impossível desenvolver a teoria do mover-se, que ocupa um pequeno espaço em sua tão magnífica e prolixa obra. Nesse sentido, os problemas a serem resolvidos nessa matéria estão ainda por ser examinados, assim como os laços que unem essa parte da vitalidade ao conjunto de nossa vida individual, social e nacional.

... Et vera incessu
Patuit dea...
"A deusa revela-se pelo mover-se."

13. Francisco Pizarro (1476-1541) é o aventureiro espanhol que, juntamente com seus irmãos, tomou posse do Peru.

Esse fragmento de verso de Virgílio, semelhante aliás a um verso de Homero, que não quero citar pois temo ser acusado de pedantismo, são dois testemunhos da importância que os antigos atribuíam ao mover-se. Mas quem dentre nós, pobres escolares açoitados com o grego, sabe que Demóstenes[14] censurava Nicobule por andar desordenadamente, incorporando um mover-se também sem elegância, como falta de uso e de bom tom, a um falar insolente?

La Bruyère escreveu algumas linhas curiosas sobre esse assunto, mas essas poucas linhas nada têm de científico e não acusam senão um daqueles fatos que abundam aos milhares nessa arte. Diz ele:

"Há em algumas mulheres uma grandeza artificial ligada ao movimento dos olhos, a um gesto de cabeça, às maneiras de andar, etc."[15]

Isso posto, para certificar meu cuidado em fazer justiça ao passado, folheai os bibliógrafos, devorai os catálogos, os manuscritos das bibliotecas. Com exceção de um palimpsesto recentemente arranhado, nada encontrareis senão esses fragmentos, pouco preocupados com a ciência propriamente dita. Há, é verdade, tratados sobre a dança, sobre a mímica; há também o *Tratado sobre o movimento dos animais*, de autoria

14. Demóstenes (384-322 a J.C.) é o mais célebre dos oradores da Antiguidade grega.

15. Trata-se de passagem do capítulo "Sobre as mulheres" de sua obra intitulada *Os caracteres*, publicada de 1688 a 1694.

de Borelli[16]; há, ainda, alguns artigos extravagantes feitos por médicos há pouco atemorizados com esse mutismo científico sobre nossos atos mais importantes. Mas, à semelhança de Borelli, eles constataram os efeitos sem procurar pelas causas: nessa matéria, se não se é o próprio Deus, fica bastante difícil não regressar a Borelli. Resultado: nada de fisiológico, de psicológico, de transcendente, de peripateticamente filosófico, nada! Por isso darei para a mais diminuta das conchas tudo o que eu disse e escrevi, e não venderei pelo preço de um globo de ouro essa teoria totalmente nova, bela como tudo o que é novo. Uma ideia nova é mais que um mundo: ela oferece um mundo, sem contar o resto. Um pensamento novo! Quantas riquezas para o pintor, para o músico, para o poeta!

Meu prefácio termina aqui. Eu começo.

Um pensamento tem três idades. Se o exprimirdes em todo o calor profícuo de sua concepção, ele será produzido rapidamente, aparecendo através de uma súbita manifestação, mais ou menos feliz, mas com certeza impregnada de verve pindárica. Trata-se de Daguerre[17] enclausurando-se vinte dias para produzir seu admirável quadro da ilha de Santa Helena, inspiração bastante dantesca.

16. Físico e fisiologista italiano, Giovanni Alfonso Borelli (1608-1679) escreveu estudos sobre os princípios de adaptação das matemáticas ao movimento e aos fatos biológicos.

17. Louis-Jacques Mandé Daguerre (1789-1851) é o célebre inventor do diorama e do daguerreótipo, precursor do aparelho fotográfico.

Mas se não aproveitardes essa primeira felicidade de geração mental e deixardes sem produto esse sublime paroxismo da inteligência açoitada, durante o qual as angústias da gestação desaparecem sob os prazeres da superexcitação cerebral, caireis de repente no lodaçal das dificuldades: tudo se diminui, tudo vai abaixo; arruinai-vos; o assunto enfraquece-se; vossas ideias vos cansam. O açoite de Luís XIV, que outrora tínheis para conduzir vossos cavalos, caiu nas mãos dessas caprichosas criaturas. São, então, vossas ideias que vos alquebram, que vos cansam, que vos açoitam com golpes sibilantes aos ouvidos, e contra os quais resistis. Eis o poeta, o pintor, o músico, que passeiam, perambulam pelos bulevares, regateiam o preço de bengalas, compram velhos baús, apegam-se a mil paixões fugazes, ali deixando suas ideias, como se abandona uma amante mais ou menos apaixonada ou mais ciumenta do que lhe é permitido ser.

Surge, então, a última idade do pensamento. Ela implantou-se, criou raízes em vossa alma, ali amadureceu. E, em uma noite ou uma manhã, quando o poeta retira seu fular, quando o pintor ainda boceja, quando o músico vai apagar sua vela lembrando-se de um delicioso trinado, revendo um pequeno pé de mulher ou um daqueles não sei quê ocupando-o ao dormir ou ao acordar, eles percebem suas ideias em toda a graça de suas folhagens, de suas florações, a ideia maliciosa, luxuriante, luxuosa, bela como uma mulher magnificamente bela, bela como um cavalo sem defeito!

E eis que o pintor afasta com os pés seu edredom, quando possui um edredom, e exclama:

— Acabou-se! Farei meu quadro!

O poeta tinha apenas uma ideia, vê-se à frente de uma obra:

— Ao diabo o século! — diz ele, lançando uma de suas botas pelo quarto.

Essa é a teoria do mover-se de nossas ideias.

Sem procurar justificar a ambição deste programa patológico, cujo sistema reenvio aos Dubois[18], aos Maygrier do cérebro, declaro que a *Teoria do mover-se* ofereceu-me todas as delícias dessa concepção primeira, amor do pensamento; em seguida, todas as tristezas de uma criança mimada, cuja educação é dispendiosa e não faz senão aperfeiçoar os vícios.

Quando um homem descobre um tesouro, seu segundo pensamento é se perguntar quais acasos fizeram-no encontrá-lo. Aqui está, pois, onde encontrei a *Teoria do mover-se*, e eis porque ninguém a havia notado antes de mim...

Um homem enlouqueceu por ter refletido com muita profundidade sobre a ação de abrir e fechar uma porta. Pôs-se a comparar a conclusão das discussões humanas àquele movimento que, em ambos os casos, é absolutamente o mesmo, embora tão diverso nos resultados. Ao lado de seu camarote estava um outro louco que tentava adivinhar se o ovo havia precedido a galinha, ou se a galinha havia precedido o ovo. Ambos falavam, um sobre sua porta, outro sobre sua galinha, para interrogar Deus, sem sucesso.

---

18. Balzac parece referir-se aqui a Emil Du Bois-Reymond (1818-1896), fisiologista alemão.

Um louco é um homem que vê um abismo e nele cai. O cientista ouve-o cair, toma de sua toesa[19], mede a distância, constrói uma escada, desce, sobe e esfrega suas mãos, após ter dito ao universo:

— Este abismo tem 1.802 pés de profundidade, a temperatura do fundo é dois graus mais quente que a da atmosfera.

Em seguida, vai encontrar sua família. O louco permanece em seu camarote. Ambos morrem. Somente Deus sabe se foi o louco ou o cientista quem esteve mais próximo do verdadeiro. Empédocles foi o primeiro sábio que acumulou as duas experiências.[20]

Não há sequer um de nossos movimentos, nem uma única de nossas ações que não seja um abismo onde o mais sábio dos homens não possa deixar sua sanidade, e que não deixe de oferecer ao cientista a ocasião de tomar de sua toesa e medir o infinito. Há infinito no mínimo *gramen.*

A esse respeito, sempre ficarei entre a toesa do cientista e a vertigem do louco. Devo, por lealdade, prevenir aquele que deseja ler-me: é preciso intrepidez para permanecer entre esses dois assímptotas. Essa *teoria* não poderia ser feita senão por um homem suficientemente ousado para permanecer sem temor ao lado da loucura e sem medo ao lado da ciência.

Devo, em seguida, assinalar com antecipação a banalidade do primeiro fato que me levou, de indução em indução,

---

19. Segundo o *Dicionário Aurélio*, trata-se de "antiga unidade de medida de comprimento, equivalente a seis pés".

20. Empédocles: filósofo grego pré-socrático, que propôs uma explicação geral do mundo. Diz a lenda que ele teria se suicidado atirando-se na cratera do Etna para provar que era um deus. [N.E.]

àquele gracejo. Aqueles que sabem que a terra é repleta de abismos, habitada por loucos e medida por cientistas, serão os únicos a me perdoar a aparente tolice de minhas observações. Falo para as pessoas acostumadas a encontrar sabedoria na folha que cai, problemas gigantescos na fumaça que se eleva, teorias nas vibrações da luz, pensamento nos mármores e o mais horrível dos movimentos na imobilidade. Coloco-me no ponto exato em que a ciência aproxima-se da loucura, e não posso pôr parapeitos. Continuai.

Em 1830, eu regressava da deliciosa Touraine[21], onde as mulheres não envelhecem com tanta rapidez quanto nos outros países. Encontrava-me no centro do grande pátio das *Messageries*, na rua Notre-Dame-des-Victoires, à espera de uma carruagem, e sem suspeitar de que me veria na possibilidade de escrever tolices ou de fazer descobertas imortais. Dentre todas as cortesãs, o pensamento é a mais imperiosamente caprichosa: ela estende seu leito, com uma audácia ímpar, à margem de uma vereda; deita-se ao ângulo de uma rua; suspende seu ninho, como a andorinha, na cornija de uma janela; e, antes mesmo de o amor pensar em sua flecha, ela concebeu, ponderou, chocou, alimentou um gigante. Papin[22] ia ver se seu caldo tinha olhos quando revolucionou o mundo industrial: notou que um papel esvoaçava, movido pelo vapor que o fazia

---

21. A região da Touraine, cuja capital é Tours, situada a cerca de 200 quilômetros de Paris, é considerada o "jardim" da França. Ao longo do rio Loire, estendem-se campos floridos na primavera que ornamentam a paisagem pontuada aqui e acolá por castelos: destacam-se entre eles os das cidades de Amboise, Blois e Azay-le-Rideau.

22. Denis Papin (1647-1714), físico francês, foi o descobridor da força elástica do vapor da água e da marmita que leva o seu nome — marmita de Papin.

balançar acima de seu caldeirão. Fausto[23] inventou a imprensa ao ver sobre o solo a marca dos ferros de seu cavalo, antes de montá-lo. Os tolos chamam esses repentes do pensamento de acaso, sem considerar que o acaso jamais visita os parvos.

Eu estava, como dizia, no meio daquele pátio onde prima o movimento, e observava sem preocupação as diferentes cenas que ali se passavam; de súbito, um viajante cai da rotunda em terra, à semelhança de uma rã atemorizada que se lança à água. Mas, ao saltar, esse homem foi forçado, para não se quebrar, a estender as mãos para a parede do escritório, perto do qual estava a carruagem, e a se apoiar ligeiramente nela. Vendo isto, perguntei sobre o porquê. É bem verdade que um cientista teria respondido:

— Porque ele iria perder seu centro de gravidade.

Mas por que o homem partilha com as diligências o privilégio de perder seu centro de gravidade? Um ser dotado de inteligência não é soberanamente ridículo quando está ao chão, não importa por qual razão? É por isso que o povo, interessado pela queda de um cavalo, sempre ri de um homem que cai.

Esse homem era um simples operário, um daqueles alegres habitantes dos arrabaldes[24], uma espécie de Fígaro sem bandolim e rendilha nos cabelos, um homem contente, mesmo ao sair de diligência, momento em que todos

23. Fausto é a personagem lendária que vendeu sua alma ao diabo Mefistófeles. Marlowe, poeta dramático inglês (1563-1593) e Goethe (1749-1832) imortalizaram a personagem nas obras intituladas respectivamente *Doutor Fausto* e *Fausto*.

24. Balzac chama-os *faubouriens* — moradores dos *faubourgs* —; os atuais *faubourgs* ficavam, no princípio do século XIX, nos arredores de Paris.

resmungam. Ele acreditou reconhecer um de seus amigos em um grupo de *flâneurs* que sempre observa a chegada das diligências, e avançou a fim de lhe dar um tapinha nos ombros, à semelhança daqueles fidalgos rurais que carecem de boas maneiras e que, enquanto sonhais com vossos caros amores, batem sobre a coxa dizendo-vos:

— Estais caçando?...

Nessa conjuntura, graças a uma daquelas determinações que permanecem segredo entre o homem e Deus, esse amigo do viajante deu um ou dois passos. Meu *faubourien* caiu, com a mão para frente, até a parede, sobre a qual se apoiou. Mas, após ter percorrido toda a distância que se estendia entre a parede e a altura que sua cabeça alcançava quando estava de pé — espaço que eu representei cientificamente por um ângulo de noventa graus —, o operário, levado pelo peso de sua mão, dobrara-se, por assim dizer, em dois.

Levantou-se com a face túrgida e avermelhada, menos por causa da ira que pelo esforço inesperado.

— Aí está — disse a mim mesmo — um fenômeno em que ninguém pensa e que irritaria dois cientistas.

Lembro-me neste instante de um outro fato, tão comum em sua eventualidade que jamais vasculhamos sua causa, embora ela ofereça sublimes maravilhas. Tal fato corroborou a ideia que então me surpreendera tanto, ideia que a ciência dos nadas deve hoje à *Teoria do mover-se.*

Essa lembrança pertence aos dias felizes de minha adolescência, tempo de deliciosa tolice, durante o qual todas as mulheres são Virginies, tempo em que amamos com virtude como amava Paul[25]. Percebemos mais tarde uma infinidade de naufrágios em que, assim como na obra de Bernardin de Saint-Pierre, nossas ilusões se afogam. E não trazemos senão um cadáver sobre a areia.

Na ocasião, o casto sentimento que eu tinha por minha irmã não era perturbado por nenhum outro e, rindo, desfrutávamos da vida. Eu colocara trezentos ou quatrocentos francos em moedas de cem *sous* na mesa de costura em que ela guardava seu fio, suas agulhas, e todos os pequenos utensílios necessários a seu ofício de jovem que, essencialmente, não faz senão bordar, desfiar, costurar e engrinaldar. Sem desconfiar de nada, ela desejou pegar sua mesa de costura, sempre muito leve. Mas foi impossível levantá-la em uma primeira tentativa, e foi preciso empreender uma segunda dose de força e de vontade para deslocá-la. Não comprometo minha irmã ao dizer que ela se precipitou para abri-la, tão curiosa estava para ver o que a fazia pesar tanto. Foi então que pedi que guardasse para mim aquele dinheiro. Minha conduta escondia um segredo; e não preciso acrescentar que fui obrigado a lhe dizer qual. Sem qualquer intenção, retomei o dinheiro sem avisá-la; duas horas depois, ao pegar mais uma vez sua mesa de costura, ela a levantou quase acima da cabeça, com um movimento ingênuo que fez rir a todos: esse riso agradável serviu justamente para gravar tal observação fisiológica em minha memória.

25. Balzac alude aqui ao célebre romance *Paul et Virginie* [Paul e Virgínia] de Bernardin de Saint-Pierre, onde dois adolescentes experimentam um idílio amoroso sem máculas e vícios.

Ao aproximar esses dois fatos tão distintos, mas que procediam de uma mesma causa, mergulhei em uma perplexidade semelhante àquela do filósofo em camisa de força que meditara com tanta profundidade sobre sua porta.

Eu comparara o viajante à botija repleta de água que uma moça curiosa traz da fonte. Ela ocupa-se em olhar uma janela, recebe um empurrão de um transeunte e derrama uma gota de água. Essa vaga comparação exprimia de modo grosseiro o gasto de fluido vital que aquele homem pareceu ter despendido em pura perda. Em seguida, desabrocharam a partir daí mil questões, que me foram endereçadas nas trevas da inteligência por um ser bastante fantástico: minha *Teoria do mover-se*, que já nascera.

Com efeito, de repente, mil pequenos fenômenos cotidianos de nossa natureza vieram se agrupar em torno de minha primeira reflexão e revelaram-se inumeráveis em minha memória, à semelhança de um daqueles enxames de moscas que voam, ao som de nossos passos, de cima dos frutos dos quais retiram os sucos à beira das veredas.

Lembrei-me assim, em um momento e com uma singular potência de visão intelectual:

Dos estalares de dedos, dos alongamentos de músculos e dos saltos de carpa que, pobres escolares, eu e meus colegas nos permitíamos, como todos aqueles que permanecem durante longo tempo inativos, seja o pintor em seu ateliê, seja o poeta em suas contemplações, seja a mulher imersa em sua poltrona;

Daquelas rápidas corridas de súbito interrompidas, como o movimento completo de um sol, às quais estão sujeitas as pessoas que saem de suas casas, ou da casa *delas*, tomadas por uma grande felicidade;

Daquelas exaltações produzidas pelos movimentos excessivos, e tão ativos que Henrique III permaneceu, durante toda a vida, apaixonado por Marie de Clèves por ter entrado no aposento onde ela trocara de vestimenta em meio a um baile organizado por Catarina de Médicis;[26]

Daqueles gritos ferozes que algumas pessoas emitem, levadas por uma inexplicável necessidade de movimento e, quem sabe, para exercer uma potência que estava desocupada;

Daqueles desejos repentinos de despedaçar, quebrar o que quer que seja, sobretudo em momentos de alegria e que tornam Odry tão ingenuamente belo em seu papel do ferrador de *Eginhard de campagne*[27], quando ele esbofeteia, em meio a um paroxismo de riso, seu amigo Vernet, dizendo-lhe: "Foge daqui, ou eu te mato."

Enfim, diversas observações que eu fizera iluminaram-me e detiveram com tanto vigor minha inteligência que, não pensando nem mais em meus pacotes ou em minha carruagem, fiquei tão distraído quanto o senhor Ampère[28] e regressei a minha casa, perdidamente apaixonado pelo princípio lúcido

---

26. Apesar do que diz aqui Balzac, paira sobre Henrique III (1551-1589), que reinou entre 1574 e 1589, a suspeita de homossexualismo. Catarina de Médicis (1519-1589), esposa de Henrique II, tornou-se regente com a chegada ao trono de Carlos IX. Sua celebridade advém de seu papel de protetora das artes, de seu empenho na construção das Tulherias e no prosseguimento da construção do Louvre.

27. Eginhard foi homem de Estado e cronista franco (770-840). A ele se deve uma biografia de Carlos Magno, de quem foi amigo.

28. Jean-Jacques Ampère (1800-1864), escritor e historiador, escreveu, entre outras, duas histórias sobre o império romano.

e vivificante de minha *Teoria do mover-se*. Eu ia admirando uma ciência, incapaz de dizer qual era essa ciência, nadando nessa ciência, como um homem que vê o mar e não pode reter dele senão uma gota na palma de sua mão.

Meu petulante pensamento desfrutava de sua primeira idade.

Sem outro recurso senão o da intuição, que nos valeu mais conquistas que todos os senos e cossenos da ciência, e sem me preocupar com as provas ou com o *quê dirão*, decidi que o homem podia projetar para fora de si, através de todos os atos devidos a seu movimento, uma quantidade de força que devia produzir um efeito qualquer em sua esfera de atividade.

Quantas manifestações luminosas nessa fórmula tão simples!

Teria o homem o poder de dirigir a ação desse fenômeno constante no qual não pensa? Poderia ele economizar, reunir o invisível fluido de que dispõe sem saber, da mesma forma como a siba aspira e destila, por um aparelho desconhecido, a nuvem de tinta em cujo interior ela desaparece? Mesmer[29], tratado pela França de empírico, teria razão, estaria enganado?

Para mim, desde então, o MOVIMENTO envolveu o pensamento, a mais pura ação do ser humano; o verbo, tradução de seus pensamentos; e por fim o andar e o gesto, realizações mais ou menos apaixonadas do verbo. Dessa efusão de vida com maior ou menor abundância, e da maneira pela

29. Franz Anton Mesmer (1734-1815), médico alemão, foi o teórico do "magnetismo animal".

qual o homem a dirige, procedem as maravilhas do tato, às quais devemos Paganini, Rafael, Michelângelo, Huerta — o tocador de violão —, Taglioni, Liszt, artistas que transfundem suas almas por movimentos dos quais apenas detêm o segredo. Das transformações do pensamento na voz, que é o *tato* pelo qual a alma age mais espontaneamente, decorrem os milagres da eloquência e os celestes encantamentos da música vocal. Não é a palavra, de certa forma, o mover-se do coração e do cérebro?

Assim, entendendo o mover-se como a expressão dos movimentos corporais, e a voz como a dos movimentos intelectuais, pareceu-me impossível contradizer o movimento. Sob esse aspecto, o conhecimento aprofundado do mover-se tornar-se-ia uma ciência completa.

Não haveria fórmulas algébricas a serem encontradas para determinar o quanto de alma uma cantora gasta em seus trinados, e o quanto dissipamos de energia em nossos movimentos? Que glória poder dar à Europa sábia uma aritmética moral com as soluções de problemas psicológicos tão importantes para serem resolvidos quanto os que se seguem:

A cavatina *Di tanti palpiti* ESTÁ para a vida da Pasta[30] como 1 está para X;

Os pés de Vestris[31] ESTÃO para sua cabeça como 100 está para 2?

---

30. Célebre atriz oitocentista, que brilhou nos teatros parisienses. Stendhal a ela se refere com entusiasmo em seu libelo sobre o teatro *Racine e Shakespeare*.

31. O bailarino italiano Gaetano Vestris (1729-1808) foi considerado representante do mais puro e perfeito estilo em dança. Destacou-se na interpretação dos balés de Rameau e de Lully. Foi em seu tempo chamado o "Deus da dança".

O movimento digestivo de Luís XVIII ESTEVE para a duração de seu reino como 1814 está para 93?

Se meu sistema tivesse existido mais cedo, e se tivéssemos encontrado proporções mais equilibradas entre 1814 e 93, Luís XVIII talvez ainda reinasse.

Quantas lágrimas derramei sobre a grande desordem de meus conhecimentos, donde eu não havia extraído senão contos miseráveis, quando dali poderia sair uma fisiologia humana! Estava eu em estado de procurar as leis pelas quais enviamos mais ou menos força do centro às extremidades; de adivinhar onde Deus colocou, em nós, o centro desse poder; de determinar os fenômenos que essa faculdade devia produzir na atmosfera de cada criatura?

Com efeito, se, como disse o mais belo gênio analítico — o geômetra, o que mais soube escutar Deus às portas do santuário —, uma bala de revólver lançada às margens do Mediterrâneo causa um movimento que é sentido até na costa da China, não é então provável que, se projetamos para fora de nós um luxo de força devemos mudar à nossa volta as condições da atmosfera ou, necessariamente, influenciar os seres e as coisas que nos rodeiam com os efeitos dessa força viva que deseja ter seu lugar?

O que lança no ar o artista que balança os braços após a gestação de um nobre pensamento que durante muito tempo o manteve imóvel? Aonde vai a força dissipada pela mulher nervosa, que estala as delicadas e poderosas articulações do pescoço, que torce as mãos ao agitá-las, após ter esperado em vão por aquilo por que não gosta muito de esperar?

Enfim, o que causou a morte do forte de La Halle[32] que, no porto, em um desafio de embriaguez, levantou um barril de vinho; e que, em seguida, graciosamente aberto, sondado, despedaçado peça por peça pelos senhores do Hôtel-Dieu[33], frustrou por completo a ciência, furtou seu escalpelo, enganou sua curiosidade pelo fato de não deixar entrever uma lesão sequer, nem nos músculos, nem nas fibras, nem no cérebro? Talvez, pela primeira vez, o senhor Dupuytren[34], que sempre sabe a razão da morte, tenha se perguntado por que a vida estava ausente daquele corpo. A botija esvaziara-se.

Foi-me assim provado que o homem ocupado em serrar mármore não era tolo de nascimento, mas tolo porque serrava mármore. Toda sua vida passa no movimento dos braços, como a vida do poeta passa no movimento do cérebro. Todo movimento tem suas leis; Kepler, Newton, Laplace e Legendre[35] concordam com esse axioma. Por que então a ciência desdenhou procurar as leis de um movimento que transporta voluntariamente a vida para tal ou tal porção do mecanismo humano, e que pode da mesma maneira

32. Cidade alemã, pátria de Haendel.

33. Trata-se do mais antigo hospital de Paris, fundado por São Landri, oitavo bispo da cidade. Situado não muito longe da Catedral Notre-Dame, o Hôtel-Dieu é ainda hoje centro médico de excelência.

34. O barão francês Guillaume Dupuytren (1777-1835), médico cirurgião, em muito contribuiu para o progresso das ciências em razão de seus trabalhos de anatomia.

35. Pierre-Simon Laplace, matemático e astrônomo francês (1749-1827), realizou inúmeros estudos sobre o movimento da Lua, de Júpiter e de Saturno; é responsável pela invenção do sistema cosmológico que leva seu nome. No domínio da física, descobriu as leis elementares do eletromagnetismo. Adrien-Marie Legendre, matemático francês (1752-1833), concebeu o método dos quadrados menores.

projetá-la para fora do homem? Foi-me então provado que os caçadores de autógrafos e aqueles que pretendem julgar o caráter dos homens a partir de seu modo de escrever eram pessoas superiores.

Aqui, minha *Teoria do mover-se* adquiria proporções tão discordantes com o pouco de espaço que ocupo na grande manjedoura donde os meus ilustres camaradas do século XIX retiram seus víveres, que deixei de lado essa grande ideia, à semelhança do homem aterrorizado pela visão de um abismo. Eu entrava na segunda idade do pensamento.

Contudo, curiosamente fiquei tão atraído pela visão desse abismo que, de tempos em tempos, experimentava todas as alegrias do medo, contemplando-o à sua borda e me apegando com firmeza a algumas ideias bem plantadas, bem frondosas. Comecei então trabalhos imensos que teriam, segundo a expressão de meu elegante amigo Eugène Sue[36], descabelado aqueles menos habituados a andar em trilhos, noite e dia, por qualquer tempo, indiferente à brisa que sopra, aos golpes e à devastação injuriosa que o jornalismo nos atribui.

À semelhança daqueles pobres e predestinados cientistas, recolhi alegrias puras. Dentre essas flores de estudo, a primeira, a mais bela porque era a primeira, e a mais enganosa por ser a mais bela, foi aprender, pelo senhor Savary[37] do observatório, que o italiano Borelli já fizera uma

---

36. Romancista francês (1804-1857), autor entre outros de *Mistérios de Paris* e *Sete pecados capitais*. Seus romances caracterizavam-se por um estilo frequentemente descuidado, embora plenos de imaginação.

37. René Savary (1774-1833), general francês, foi ministro da polícia sob o Primeiro Império.

grande obra: *De actu animalium* (sobre o movimento dos animais).

Como fiquei feliz ao encontrar um Borelli no cais![38] Quão pouco me pesou o in-quarto que carregava sob o braço! Com que fervor o abri, com que pressa o traduzi. Eu não saberia dizer. Havia amor nesse estudo. Borelli era para mim o que Baruch foi para La Fontaine.[39] Como um jovem iludido por seu primeiro amor, não notava, em Borelli, nem a poeira acumulada em suas páginas pelas tempestades parisienses, nem o odor estranho de sua capa, nem os grãos de tabaco que ali deixara o velho médico a que outrora o livro pertencera, e de quem tive ciúmes ao ler as seguintes palavras escritas com mão trêmula: *Ex libris Angard.*

Porcaria! Quando li Borelli, joguei fora Borelli, amaldiçoei Borelli, desprezei Borelli, que não me dizia nada *de actu*, como mais tarde o jovem abaixa a cabeça ao reconhecer sua primeira namorada, o ingrato! O cientista italiano, dotado da paciência de Malpighi[40], passara os anos experimentando, determinando a força dos diversos aparelhos estabelecidos pela natureza em nosso sistema muscular. Ele evidentemente provou que o mecanismo interior de forças reais constituído

38. Balzac refere-se aqui aos alfarrabistas, conhecidos hoje em dia pelos parisienses e turistas como *bouquinistes*, vendedores de *bouquins*, isto é, livros em linguagem popular. Os livros usados são vendidos à margem do rio Sena, no cais.

39. Baruch foi discípulo de Jeremias, que lhe ditou suas profecias. Balzac se refere a uma anedota literária segundo a qual La Fontaine teria se entusiasmado com a beleza de um salmo do profeta Baruch; sua admiração era tanta que perguntava a todos que encontrava: "Já lestes Baruch?".

40. Marcello Malpighi (1628-1694), médico e anatomista italiano, foi o primeiro a utilizar o microscópio em pesquisas.

por nossos músculos fora organizado para esforços duas vezes superiores àqueles que desejamos fazer.

É verdade que esse italiano é o mais hábil maquinista dessa ópera mutável chamada homem. Se seguirmos, em sua obra, o movimento de nossas alavancas e contrapesos, se observarmos com que prudência o Criador nos deu balanças naturais para nos manter em toda espécie de pose, é impossível deixarmos de nos considerar como infatigáveis funâmbulos. Ora, pouco me importavam os meios, eu desejava conhecer as causas. Quão importantes são elas! Julgai. Borelli diz bem por que o homem, levado para fora do centro de gravidade, cai; mas ele não diz por que o homem muitas vezes não cai, quando sabe usar de uma força oculta, ao ver sob seus pés uma incrível potência de *retração*.

Passada minha primeira ira, fiz justiça a Borelli. A ele devemos o conhecimento da *área* humana: em outros termos, o espaço no qual podemos nos mover sem perder o centro de gravidade. É verdade que a dignidade do mover-se humano deve, singularmente, depender da maneira como o homem se balança na esfera para além da qual ele cai. Do mesmo modo, devemos ao ilustre italiano pesquisas curiosas sobre a dinâmica interior do homem. Ele contou os tubos através dos quais passa o fluido motor, aquela indefinível vontade, desespero dos pensadores e dos fisiologistas; dele mediu a força, constatou o jogo. Ofereceu com generosidade àqueles que subirão sobre seus ombros para ver mais longe do que ele, nessas trevas luminosas, o valor material e comum dos efeitos produzidos por nosso querer; pesou o pensamento, ao mostrar que a máquina muscular é desproporcional em relação aos resultados obtidos pelo homem, e que nele se encontram forças que levam essa máquina a uma potência incomparavelmente maior que sua potência intrínseca.

A partir daí, deixei de lado Borelli, certo de não ter adquirido um conhecimento inútil ao dialogar com esse belo gênio. E fui atraído pelos cientistas que há pouco se ocuparam das forças vitais. Mas, por infelicidade, todos se parecem com o geômetra que toma de sua toesa e calcula o abismo. Quanto a mim, eu desejava ver o abismo e dele conhecer todos os segredos.

Quantas reflexões não joguei nesse abismo, como uma criança que joga pedras em um poço para ouvir o ribombar! Quantas noites passadas sobre um macio travesseiro a contemplar as nuvens fantasticamente iluminadas pelo sol poente! Quantas noites em vão empregadas a pedir inspirações ao silêncio! A mais bela vida, a mais bem preenchida, a menos sujeita às decepções, é seguramente a do louco sublime que busca determinar o desconhecido de uma equação com raízes imaginárias.

Quando tudo soube, nada sabia e eu caminhava!... Um homem que não tivesse o meu tórax, meu pescoço, minha caixa cerebral, teria perdido o juízo em desespero de causa. Felizmente, essa segunda idade de minha ideia terminara. Ao ouvir o duo de Tamburini e Rubini no primeiro ato do *Mose*, julguei minha teoria mais pimpona, alegre, agitada, bela; e ela veio com afeto se deitar a meus pés, como uma cortesã aborrecida por ter exagerado na vaidade e que acreditou matar o amor.

Resolvi apenas constatar os efeitos produzidos fora do homem por seus movimentos, não importasse qual fosse sua natureza; resolvi anotá-los, classificá-los. Uma vez terminada a análise, procurei as leis do belo ideal no que diz respeito ao movimento e, sobre ele, redigi um código para as pessoas interessadas em dar uma boa ideia de si mesmas, de seus costumes, de seus hábitos: o mover-se era, a meu ver, o prólogo exato do pensamento e da vida.

No dia seguinte, fui então sentar-me em uma cadeira no bulevar de Gand, a fim de estudar o mover-se de todos os parisienses que, para sua infelicidade, passariam diante de mim durante o dia.

E, naquele dia, recolhi as observações mais curiosas que fiz em toda a minha vida. Voltei para casa carregado, à semelhança de um botanista que, ao herborizar, pegou tantas plantas que se viu obrigado a dá-las à primeira vaca que apareceu. Único problema: pareceu-me impossível publicar a *Teoria do mover-se* sem 1.700 pranchas gravadas, sem dez ou doze volumes de textos e de notas que aterrorizariam o abade Barthélemy[41] ou meu sábio amigo Parisot.

Encontrar em que pecava o mover-se vicioso.

Encontrar as leis à exata observação das quais advinha o mais belo mover-se.

Encontrar os meios de contradizer o mover-se, à semelhança dos cortesãos, dos ambiciosos, das pessoas vindicativas,

41. O erudito abade Barthélemy (1716-1795) é autor de *Viagem do jovem Anacharsis*, filósofo grego amigo de Sólon e de Periandro de Corinto. O texto do abade é considerado uma hábil reconstituição da vida pública e privada da Grécia no século IV a.C.

dos atores, das cortesãs, das esposas legítimas, os espiões, que contradizem seus traços, seus olhos, suas vozes.

Indagar se os antigos moviam-se bem, qual dentre todos os povos melhor se move. Se o sol e o clima contribuem com alguma coisa para o mover-se.

Céus! As questões saltavam como gafanhotos! Assunto maravilhoso! O gastrônomo, tomasse ele de sua trolha para levantar a pele de um peixe do lago de Aix, de um salmonete de Cherbourg ou de uma perca do rio Indre; mergulhasse ele sua faca em um filé de cabrito, como algumas vezes é preparado nas florestas e aperfeiçoado nas cozinhas; esse dito gastrônomo não experimentaria um deleite comparável ao meu quando dominei meu assunto. A guloseima intelectual é a mais voluptuosa das paixões, a mais desdenhosa, a mais impertinente: ela comporta a crítica, expressão de amor-próprio ciumento dos deleites experimentados.

Penso que cumpre à arte explicar as verdadeiras causas da deliciosa virgindade intelectual e filosófica que recomenda a todos os bons espíritos a *Teoria do mover-se*. Em seguida, a franqueza de meu caráter obriga-me a dizer que não gostaria de ser responsável por meus falatórios, sem desculpá-los por úteis observações.

Um monge de Praga, chamado Reuchlin[42], cuja história foi recolhida por Marcomarci, possuía um olfato tão arguto, tão experimentado, que distinguia uma moça de uma mulher, e uma mãe de uma mulher infecunda. Relato esses resultados dentre

42. Johann Reuchlin (1455-1522) foi um célebre humanista alemão, estudioso de assuntos hebraicos, e autor de um *Tratado da Cabala*.

aqueles que sua faculdade sensitiva o fazia obter, pois que são bastante curiosos para dar uma ideia de todos os outros.

O cego que nos valeu a bela carta de Diderot, composta incidentalmente em doze horas noturnas, possuía um conhecimento tão aprofundado da voz humana que substituiu o sentido da vista, para a apreciação dos caracteres, por diagnósticos feitos à escuta das entonações da voz.

Nesses dois homens, a argúcia das percepções correspondia a uma igual argúcia de espírito, a um talento particular. A ciência de observação excepcional, de que eram dotados, serviu-me de exemplo para explicar porque certas partes da psicologia não são estudadas o suficiente e porque os homens são forçados a abandoná-las.

Em primeiro lugar, o observador é incontestavelmente homem de gênio. Todas as invenções humanas são resultado de uma observação analítica na qual o espírito procede com uma incrível rapidez de pontos de vista. Gall[43], Lavater, Mesmer, Cuvier[44], Lagrange[45], o doutor Méreaux, há pouco falecido, Bernard Palissy, o precursor de Buffon[46],

---

43. Franz Joseph Gall (1758-1828), médico alemão inventor da frenologia.

44. O zoólogo barão Georges Cuvier (1769-1832) é o célebre inventor da anatomia comparada e da paleontologia.

45. No campo da astronomia, o conde Joseph-Louis de Lagrange (1736-1813) é o autor da teoria das oscilações da Lua. No campo da matemática, descobriu a chamada série de Lagrange, integrou as equações às derivações parciais e ao cálculo das variações; estudou, ainda, a resolução das equações numéricas, a teoria dos números e o cálculo das probabilidades.

46. Bernard Palissy (1510-1590?), criador da cerâmica francesa, ficou célebre por seus vasos ornados de figuras artisticamente esculpidas. Em razão de suas experiências como ceramista, a ele também se atribuem importantes descobertas em mineralogia e em química. Buffon (1707-1788) é o célebre naturalista francês autor da *História Natural* e das *Épocas da Natureza.*

o marquês de Worcester[47], Newton, enfim, o grande pintor e o grande músico, todos são observadores. Todos vão do efeito à causa, enquanto os outros homens não veem nem causa nem efeito.

Mas essas sublimes aves de rapina que, ao se elevarem às altas regiões, possuem o dom de ver com clareza as coisas terrenas, que podem a um só tempo abstrair e especializar, fazer exatas análises e justas sínteses, têm, por assim dizer, uma missão puramente metafísica. A natureza e a força de seu gênio força-as a reproduzir em suas obras suas próprias qualidades. São levadas pelo voo audacioso de sua mente, e pela ardente procura do verdadeiro, às mais simples fórmulas. Observam, julgam e deixam princípios que os homens minuciosos provam, expressam e comentam.

A observação dos fenômenos relativos ao homem que deve perceber seus movimentos mais recônditos, o estudo do pouco que esse ser privilegiado deixa involuntariamente perceber de sua consciência, exigem uma soma e uma diminuição de gênio excludentes. É preciso ser paciente, como o eram outrora Muschenbrock e Spallanzani[48], como hoje o são os senhores Nobili[49], Magendie[50], Flourens[51], Dutrochet

47. Balzac parece aludir aqui a Worcester, cidade inglesa conhecida por sua porcelana.

48. É a Lazaro Spallanzani (1729-1799), biólogo italiano, que se devem importantes trabalhos sobre a circulação sanguínea, sobre a digestão e sobre os animais microscópicos.

49. Leopoldo Nobili (1784-1835), físico italiano, foi o inventor da pilha termoelétrica e do galvanômetro.

50. François Magendie (1783-1855), fisiologista e neurologista francês.

51. Pierre Flourens (1794-1867), fisiologista francês.

e tantos outros; e ainda possuir aquela argúcia que faz convergirem os fenômenos para um centro, aquela lógica que os dispõe em raios, aquela perspicácia que vê e deduz, aquela lentidão que serve para nunca deixar de descobrir um dos pontos do círculo sem observar os outros, e aquela prontidão que conduz com um só salto dos pés à cabeça.

Esse gênio múltiplo, que possuem algumas cabeças heroicas e célebres nos anais das ciências naturais, é muito mais raro junto ao observador da natureza moral. O escritor, encarregado de espalhar as luzes que brilham sobre os lugares elevados, deve conferir a sua obra um corpo literário, deve fazer ler com interesse as mais árduas doutrinas e ornar a ciência. Eis porque é o tempo todo dominado pela forma, pela poesia e pelos acessórios da arte. Ser um grande escritor e um grande observador, Jean-Jacques[52] e o escritório das Longitudes, eis o problema, problema insolúvel. Além disso, o gênio que preside às descobertas exatas e físicas não exige senão a vista moral; mas o espírito da observação psicológica exige imperiosamente o olfato de monge e a audição do cego. Não há observação possível sem uma eminente perfeição de sentidos e uma memória quase divina.

Por isso, ao deixar de lado a raridade particular dos observadores que examinam a natureza humana sem escalpelo e desejam entendê-la a partir do fato, o homem dotado desse microscópio moral, indispensável para esse gênero de estudo, é com frequência desprovido da potência que

---

52. Jean-Jacques é sem dúvida nenhuma Jean-Jacques Rousseau (1712-1778), autor de textos filosóficos, literários, moralistas, etc.

exprime, como aquele que saberia se exprimir é desprovido da potência de bem ver. Aqueles que souberam formular a natureza, como o fez Molière, viam com justeza a partir de uma simples amostra; em seguida, roubavam seus contemporâneos e assassinavam os que gritavam muito alto. Há em todas as épocas um homem de gênio que se torna secretário de sua época: Homero, Aristóteles, Tácito, Shakespeare, Aretino, Maquiavel, Rabelais, Bacon, Molière, Voltaire tiveram sua escrita movimentada pelos seus séculos.

Os mais hábeis observadores estão no cotidiano. Mas seja porque são preguiçosos, seja porque não se preocupam com a glória, eles morrem, recolhendo dessa ciência o que lhes era necessário para seu uso, e para rir à noite, à meia-noite, quando não houvesse senão três pessoas em um salão. Nessa categoria, Gérard teria sido o mais espirituoso literato se não tivesse sido grande pintor[53]: seu traço é arguto não só quando faz um retrato, mas igualmente quando pinta.

Enfim, muitas vezes são os homens grosseiros, operários em contato com o mundo e forçados a observar como uma mulher fraca é obrigada a estudar seu marido a fim de enganá-lo, que, observadores prodigiosos decretam a falência de suas descobertas ao mundo intelectual. Também a mais artística das mulheres, que, em uma conversação familiar, surpreende pela profundidade de suas perspectivas, desdenha escrever, ri dos homens, menospreza-os e deles se serve.

---

53. O barão François Gérard (1770-1837) é conhecido pela pintura de temas históricos. É dele a *Batalha de Austerlitz*.

O mais delicado de todos os assuntos psicológicos permaneceu assim virgem sem estar intacto. Ele exigia a um só tempo muita ciência e, talvez, muita frivolidade.

Eu, incentivado pela crença em nossos talentos, a única que nos resta do grande naufrágio da Fé, talvez ainda incentivado pelo primeiro amor por um novo assunto, obedeci então a essa paixão: fui sentar-me em uma cadeira, olhei para os transeuntes. Mas, após ter admirado os tesouros, fugi; e dali levei, para me divertir, o segredo, o *Abre-te Sésamo*.

Pois que não se tratava de ver e de rir. Não era preciso analisar, abstrair e classificar?

Classificar para poder codificar!

Codificar, fazer o código do mover-se; em outros termos, redigir uma série de axiomas para o repouso das inteligências fracas ou preguiçosas, a fim de lhes poupar o esforço de refletir e de levá-las, através da observação de alguns princípios claros, a regrar seus movimentos. Ao estudar esse código, os homens progressivos e aqueles que se inscrevem no sistema da perfectibilidade poderiam parecer amáveis, graciosos, distintos, bem educados, *fashionáveis*, amados, instruídos, marqueses ou condes, em vez de parecerem vulgares, estúpidos, tediosos, pedantes, ignóbeis, pedreiros do rei Luís Filipe[54] ou barões do império. Não se trata aí do que há de mais importante em uma nação cuja sentença é *Tudo pela bandeira?*

---

54. Luís Filipe I reinou entre 1830 e 1848. Sua recusa a modificar a lei eleitoral, assim como sua política externa de boa vizinhança com a Inglaterra, valeram-lhe importantes oposições internas. Foi obrigado a abdicar em 1848 em favor de seu neto, o conde de Paris, e a se refugiar na Inglaterra.

Se me fosse permitido descer às profundezas da consciência do incorruptível jornalista, do filósofo eclético, do virtuoso vendedor de especiarias, do delicioso professor, do velho vendedor de musselina, do ilustre papeleiro que, pela graça zombeteira de Luís Filipe, são os últimos pares de França, persuadir-me-ia de ali encontrar o seguinte desejo escrito com letras de ouro: *Eu bem que gostaria de ter o ar nobre!*

Eles se defenderão, eles negarão, eles vos dirão:

— Não me importo com isso! Pouco me interessa! Sou jornalista, filósofo, vendedor de especiarias, professor, vendedor de tecido ou de papel!

Não acrediteis neles. Forçados a ser pares de França, querem sê-lo; mas são pares de França na cama, à mesa, no quarto, no *Boletim das leis*, nas Tulherias, em seus retratos de família; é impossível dizer que são pares de França quando passam no bulevar. Ali, esses senhores tornam-se pretensiosos como um Gros-Jean[55]. O observador nem mesmo procura o que eles poderiam ser, ao passo que, se o senhor duque de Laval, o senhor de Lamartine[56], o senhor duque de Rohan ali vêm passear, a qualidade deles não causa dúvidas para ninguém. E eu não aconselharia os primeiros a seguirem estes últimos.

Não gostaria de ofender nenhum amor-próprio. Se feri sem intenção um dos últimos pares, cuja nobre entronização

55. Gros-Jean é nome emprestado à língua popular para designar um homem de uma tolice por vezes pretensiosa.

56. Talvez se trate aqui de François de Montmorency Laval (1623-1708), um eclesiástico francês. Lamartine (1790-1869), celebrado como o primeiro poeta romântico, é o conhecido poeta de *Harmonias poéticas e religiosas*.

improviso, mas de quem estimo a ciência, o talento, as virtudes privadas, a probidade comercial — sabendo bem que o primeiro e o último têm o direito de vender, um seu jornal, outro seu papel, mais caro do que lhes custou —, acredito poder espalhar algum bálsamo sobre esse arranhão, fazendo com que observem que sou obrigado a me servir desses exemplos emprestados a um elevado lugar, a fim de convencer os bons espíritos sobre a importância dessa teoria.

E, com efeito, permaneci durante algum tempo estupefato com as observações que fizera no bulevar de Gand, e surpreso de encontrar no movimento cores tão marcadas.

Daí o primeiro aforismo:

I

O mover-se é a fisionomia do corpo.

Não é terrível pensar que um observador profundo pode descobrir um vício, um remorso, uma doença ao ver um homem em movimento? Que rica linguagem nesses efeitos imediatos de uma vontade traduzida com inocência! A inclinação mais ou menos viva de um de nossos membros, a forma telegráfica, da qual ele contraiu, apesar de nós, o hábito, o ângulo ou o contorno que o fazemos descrever, são marcadas por nosso querer e possuem uma terrível significação. É mais do que a palavra, é o pensamento em ação. Um simples gesto, um tremor involuntário dos lábios, pode se tornar o terrível desfecho de um drama escondido durante muito tempo entre dois corações.

Daí decorre o aforismo seguinte:

II

O olhar, a voz, a respiração, o andar, são idênticos; mas como não foi dado ao homem o poder de vigiar essas quatro expressões diversas e simultâneas de seu pensamento, procurai aquela que fala a verdade: conhecereis o homem por inteiro.

Exemplo:

M.S... não é apenas químico e capitalista, é profundo observador e grande filósofo.

M.O... não é apenas um especulador, é homem de Estado. Assemelha-se tanto à ave de rapina quanto à serpente; carrega os tesouros e sabe encantar os guardiões.

Esses dois homens em disputa não devem oferecer um admirável combate, ao lutarem astúcia contra astúcia, dizeres contra dizeres, mentiras a não mais poder, especulações na ponta dos dedos, cifras na cabeça?

Ora, eles encontraram-se uma noite, ao pé de uma chaminé, sob a luz das velas, mentira nos lábios, nos dentes, no rosto, nos olhos, nas mãos; estavam armados com mentiras dos pés à cabeça. Tratava-se de dinheiro. Esse duelo ocorreu sob o Império.

M.O..., que precisava de quinhentos mil francos no dia seguinte, encontrava-se de pé, à meia-noite, ao lado de S...

Vede bem S... homem de bronze, verdadeiro Shylock que, mais astuto que seu antecessor, cobraria uma libra de carne antes mesmo de emprestar o dinheiro[57]; vede-o ser

57. Balzac alude aqui à peça de Shakespeare, composta em 1596, intitulada *O mercador de Veneza*. Shylock é o ávido agiota judeu, credor impiedoso que empresta

abordado por O..., o Alcibíades[58] do banco, o homem capaz de emprestar sucessivamente três reinos sem restituí-los, e capaz de persuadir a todos os que enriqueceu? Segui ambos: o senhor O... pede ligeiramente ao senhor S... quinhentos mil francos por vinte quatro horas, prometendo-lhe devolvê-los em tais e tais valores.

— Senhor — diz M.S... à pessoa que me contou esta preciosa anedota —, quando O... detalhou os valores, a ponta de seu nariz embranqueceu-se somente do lado esquerdo, no ligeiro círculo descrito por um conjunto de planos que ali se encontra. Eu já tivera a oportunidade de notar que meus quinhentos mil francos ficariam comprometidos durante certo tempo...

— E então? — perguntaram-lhe.

— E então... — retomou ele.

E deixou escapar um suspiro.

— E então, aquela serpente me reteve durante uma meia hora, eu lhe prometi os quinhentos mil francos e ele os teve.

— Ele os devolveu?...

S... poderia caluniar O... Sua ira bem conhecida dava-lhe o direito, em uma época em que os inimigos são mortos a golpes de língua. Devo dizer, em louvor desse homem bizarro, que ele respondeu:

---

a Antonio 3.000 ducados. Esse último tem três meses para pagar, do contrário deverá dar uma libra de sua própria carne.

58. Alcibíades (450-404 a.C.) foi o célebre general ateniense, aluno favorito de Sócrates, militarmente brilhante mas sem moral alguma. Foi responsável pela aventurosa expedição contra a Sicília em 415.

— Sim.

Mas respondeu lastimosamente. Ele poderia ter acusado seu inimigo de mais uma trapaça.

Algumas pessoas dizem que o senhor O... é ainda mais esperto em matéria de dissimulação que o senhor príncipe de Bénévent[59]. Acredito. O diplomata mente por conta de outro, o banqueiro mente em seu próprio nome. Pois bem, esse moderno Bourvalais, que adquirira o hábito de uma admirável imobilidade na fisionomia, de uma completa insignificância no olhar, de uma imperturbável igualdade na voz, de um hábil mover-se, não soube domar a ponta de seu nariz. Todos nós temos um conjunto de planos em que triunfa a alma, uma cartilagem de orelha que enrubesce, um nervo que treme, uma maneira muito significativa de bater as pálpebras, uma ruga que se crispa, uma evidente pressão dos lábios, um eloquente tremor na voz, uma respiração que se embaraça. Que quereis! O vício não é perfeito.

Eis porque meu axioma subsiste. Ele domina toda essa teoria, prova sua importância. O pensamento é como o vapor. O que quer que façais, e por mais sutil que possa ser, ele precisa ocupar seu lugar, exige esse lugar, toma-o, chega mesmo a permanecer no rosto do homem morto. O primeiro esqueleto que vi era o de uma jovem morta com vinte e dois anos.

— Ela tinha cintura fina e devia ser graciosa — disse eu ao médico.

59. Sob esta denominação encontra-se Charles-Maurice de Talleyrand (1754-1838), diplomata francês, nomeado embaixador pelo rei Luís Filipe I. Talleyrand foi presidente da Assembleia Nacional em 1790 e ministro das relações exteriores nos governos do Diretório, do Consulado e do Império.

Ele pareceu surpreso. A disposição das costelas e não sei que boa graça do esqueleto traíam ainda os hábitos do andar. Há uma *anatomia moral comparada*, como uma *anatomia física comparada*. Para a alma, como para o corpo, um detalhe conduz logicamente ao conjunto. É certo que não há dois esqueletos semelhantes. E assim como os venenos vegetais encontram-se em seu estado natural, no tempo desejado, no homem envenenado, os hábitos da vida aparecem aos olhos do químico moral, seja nos *sinus* do crânio, seja nas *ligações* dos ossos daqueles que não mais estão entre nós.

Mas os homens são bem mais ingênuos do que pensam, e velhacos são os que se orgulham de dissimular sua vida íntima. Se desejardes não dar a conhecer vossos pensamentos, imitai a criança ou o selvagem, eles são vossos mestres.

Com efeito, para dissimular seu pensamento, é preciso ter apenas um. Todo homem complexo deixa-se adivinhar com facilidade. Eis porque todos os grandes homens são enganados por um ser que lhes é inferior.

A alma perde em força centrípeta o que ganha em força centrífuga.

Ora, o selvagem e a criança fazem convergir todos os raios da esfera em que vivem para uma ideia, para um desejo; sua vida é monofila, e seu poder reside na prodigiosa unidade de suas ações.

O homem social é continuamente obrigado a ir do centro para todos os pontos da circunferência; ele tem mil paixões, mil ideias, e há tão pouca proporção entre sua base e a extensão de suas operações que, a todo instante, é pego em flagrante delito de fraqueza.

Daí a grande frase de William Pitt[60]: "Se fiz tantas coisas é porque apenas desejei uma de cada vez."

Não observar esse preceito ministerial resulta na ingênua linguagem do mover-se. Quem dentre nós pensa em andar andando? Ninguém. Mais do que isso, cada um se vangloria de andar pensando.

Mas lede as relações escritas pelos viajantes que melhor observaram os povos impropriamente chamados selvagens: lede o barão de la Hontan, que compôs os *Moicanos* antes mesmo de Cooper pensar neles, e vereis, para vergonha das pessoas civilizadas, a importância que os selvagens atribuem ao andar. O selvagem, em presença de seus semelhantes, somente tem movimentos lentos e graves; sabe por experiência que quanto mais as manifestações externas se aproximam do repouso, mais impenetrável é o pensamento.

Donde o seguinte axioma:

III

O repouso é o silêncio do corpo.

IV

O movimento lento é essencialmente majestoso.

Acreditais que o homem de que fala Virgílio, e cuja aparição acalmava o povo enfurecido, comparecia saltitando à sedição?

É por isso que, em princípio, podemos estabelecer que a economia do movimento é um meio de tornar o mover-se

60. Balzac parece referir-se aqui a William Pitt, o Jovem, político inglês (1759-1806) que se revelou um adversário implacável da Revolução Francesa.

a um só tempo nobre e gracioso. Um homem que caminha depressa não revela já a metade de seu segredo? Ele está apressado. O doutor Gall observou que o peso do cérebro, o número de suas circunvoluções relacionavam-se, nos seres organizados, com a lentidão de seu movimento vital. Os pássaros têm poucas ideias. Os homens que caminham depressa devem, em geral, ter a cabeça pontiaguda e a face abatida. Aliás, é lógico que o homem que caminha muito chega necessariamente ao estado intelectual do bailarino da Ópera.

Continuemos.

Se a lentidão do mover-se anuncia então um homem que tem tempo disponível para si, que tem lazer, ou seja, se por consequência anuncia um rico, um nobre, um pensador, um sábio, os detalhes devem necessariamente estar de acordo com o princípio; os gestos serão, por conseguinte, pouco frequentes e lentos. Daí este outro aforismo:

V

Todo movimento irregular trai um vício
ou uma má educação.

Não ríeis com frequência das pessoas que *virvouchent*[61]?

Virvoucher é uma admirável palavra do velho francês, trazida outra vez à luz por Lautour-Mézeray. *Virvoucher*

---

61. *Virvouchent*, conjugado aqui no presente do indicativo, e os termos correlatos que vêm na sequência — o verbo no infinitivo *virvoucher* e o substantivo *virvoucheurs*, ou seja, aqueles que excessivamente *virvouchent* — significariam a um tempo voltear, volutear, rodopiar, girar. Se foram deixados no original é porque não somente Balzac os emprega em razão de sua antiguidade linguística, apropriada para melhor expressar sua ideia, como do mesmo modo são explicados com clareza pelo próprio autor, não impondo pois qualquer dificuldade de leitura.

expressa as ações de ir e vir, de girar em torno de alguém, de tocar em tudo, de se levantar, de voltar a sentar-se, de murmurar, de esmiuçar; *virvoucher* é fazer uma certa quantidade de movimentos que não têm finalidade alguma; é imitar as moscas. É sempre preciso dar a chave dos campos aos *virvoucheurs*. Eles vos exasperam ou quebram algum móvel precioso.

Não ríeis de uma mulher cujos movimentos de braço, de cabeça, de pé ou de corpo produzem ângulos agudos?

Mulheres que vos estendem a mão como se alguma mola impulsionasse seu cotovelo?

Que se sentam bruscamente ou que se levantam como o soldado de uma caixinha de surpresas?

Essas mulheres são, muitas vezes, virtuosas. A virtude das mulheres está bastante ligada ao ângulo direito. Todas as mulheres que cometeram aquilo que chamamos erros são notáveis pelo elegante aspecto arredondado de seus movimentos. Se eu fosse mãe de família, os termos sacramentais do mestre de danças — *Arredondai os cotovelos* — me fariam tremer por minhas filhas. Daí este axioma:

VI

A graça exige formas arredondadas.

Vede a alegria de uma mulher que pode dizer a sua rival: "Ela é bastante angulosa!"

Mas, ao observar os diferentes modos de mover-se, avultou-se em minha alma uma dúvida cruel, e que me provou que, em toda espécie de ciência, mesmo na mais frívola, o homem é bloqueado por inextricáveis dificuldades;

é-lhe impossível conhecer tanto a causa e a finalidade de seus movimentos quanto aquelas dos grãos de bico.

É por isso que, a princípio, perguntei-me de onde procederia o movimento. Pois bem, é tão difícil determinar onde começa e onde termina em nós o movimento quanto dizer onde começa e onde termina o *grande simpático*, esse órgão interno que, até os dias atuais, cansou a paciência de tantos observadores. O próprio Borelli, o grande Borelli, não abordou essa imensa questão. Não é terrível encontrar tantos problemas insolúveis em um ato banal, em um movimento que 800 mil parisienses fazem todos os dias?

De minhas profundas reflexões sobre essa dificuldade resultou o aforismo seguinte, sobre o qual peço que mediteis:

VII

Tudo em nós participa do movimento, mas ele não deve predominar em parte alguma.

Com efeito, a natureza construiu o aparelho de nossa mobilidade de um modo tão engenhoso e tão simples, que dele resulta, como em todas as suas criações, uma admirável harmonia. E se ela é perturbada por algum hábito, há feiura e ridículo, porque somente zombamos das feiuras pelas quais o homem é responsável: somos impiedosos com os gestos falsos, como também o somos com a ignorância ou com a tolice.

Assim, daqueles que passaram diante de mim e me ensinaram os primeiros princípios dessa arte até então desprezada, o primeiro foi um senhor gordo.

Observarei aqui que um escritor dos mais espirituosos favoreceu diversos erros, ao sustentá-los por seu sufrágio;

Brillat-Savarin[62] disse que era possível a um homem gordo conter seu ventre com maestria. Não. Se a majestade não existe sem certa amplidão de carne, é impossível pretender mover-se no momento em que o ventre rompeu o equilíbrio entre as partes do corpo. O mover-se para na obesidade. Um obeso é necessariamente forçado a abandonar-se ao falso movimento introduzido em sua economia pelo seu ventre, que a domina.

Exemplo:

Henry Monnier[63] teria com certeza feito a caricatura deste senhor gordo colocando uma cabeça por cima de um tambor e embaixo as varetas em X. Esse desconhecido parecia, ao andar, ter medo de esmagar ovos. Não há dúvidas que, nesse homem, o caráter especial do mover-se fora abolido por completo. Ele não caminha, assim como os velhos artilheiros não ouvem. Ele tinha outrora o sentido da locomoção, talvez tivesse saltitado. Mas, hoje, o pobre homem não mais se compreendia ao andar. Poupou-me de toda a sua vida e de um mundo de reflexões. O que havia amolecido suas pernas? Donde provinha sua gota, sua gordura? Foram os vícios ou o trabalho que o deformaram? Triste reflexão! O trabalho que edifica e o vício que destrói produzem no homem os mesmos resultados. Obedecendo a seu ventre,

---

62. Anthelme Brillat-Savarin (1755-1826), gastrônomo francês, é autor da *Fisiologia do gosto*.

63. Henri Monnier (1805-1877) destacou-se por suas caricaturas e pela criação do tipo célebre conhecido como Joseph Prudhomme. O senhor Prudhomme, que se serve de uma linguagem solene, é encontrado sobretudo nas fileiras da pequena burguesia e representa a nulidade e a banalidade absolutas.

esse pobre rico parecia retorcido. Carregava suas pernas com dificuldade, uma após a outra, com um movimento arrastado e doentio, como um moribundo que resiste à morte e se deixa levar inexoravelmente por ela à beira da fossa.

Por um contraste singular, logo atrás dele vinha um homem que caminhava com as mãos cruzadas atrás das costas, os ombros retraídos, tensos, as omoplatas cerradas: parecia um perdiz servido sobre uma torrada. Parecia avançar somente pelo pescoço, e o impulso era dado a todo seu corpo pelo tórax.

Em seguida, uma jovem senhorita, seguida por um lacaio, apareceu saltitando sobre ela mesma, à maneira das inglesas. Parecia uma galinha que teve as asas cortadas, e que ainda tenta voar. O princípio de seu movimento assemelhava-se ao balançar de seus rins. Ao ver seu lacaio armado com um guarda-chuva, teríeis dito que ela temia receber dele um golpe na parte em que era preparado seu quase voo. Tratava-se de moça de família, mas muito desajeitada, a indecente mais inocente do mundo.

Vi logo após um homem que parecia ser composto por dois compartimentos. Não arriscava sua perna esquerda, e tudo o que dela dependia, senão depois de garantir a direita e todo o seu sistema. Pertencia à facção dos binários. Seu corpo, é claro, deve ter sido primitivamente fendido em dois por uma revolução qualquer, e por milagre se ressoldara. Possuía dois eixos, tendo apenas um crânio.

Logo veio um diplomata, personagem esquelética, caminhando de maneira rígida, como aquelas marionetes cujos fios Joly esqueceu de retirar. Pensaríeis que vinha apertado como uma múmia em suas bandagens. Estava preso em sua gravata como uma maçã em um regato em tempos de geada. Se ele se virasse para trás, é claro que estaria fixado sobre um pivô e que um transeunte nele se chocaria.

Esse desconhecido provou-me a necessidade de formular o seguinte axioma:

VIII

O movimento humano se decompõe em tempos bem distintos; se os confundirdes, chegareis à rigidez da mecânica.

Uma bonita mulher, desconfiando da proeminência de seu espartilho, ou perturbada por algo, transformara-se em Vênus e movia-se como uma galinha d'angola: esticava o pescoço, retraía o espartilho e arqueava a parte oposta àquela sobre a qual ele se apoiava.

Com efeito, a inteligência deve brilhar nos atos imperceptíveis e sucessivos de nosso movimento, como o jogo da luz e das cores nos losangos dos mutáveis anéis da serpente. Todo o segredo dos belos modos de mover-se está na decomposição do movimento.

Vinha, em seguida, uma dama que se arqueava como a precedente. Se houvesse uma terceira, e que a tivestes observado, é certo que não teríeis podido deixar de rir das meias-luas feitas por essas protuberâncias exorbitantes.

A saliência prodigiosa das coisas, que eu não saberia nomear, e que dominam com singularidade a questão do mover-se feminino, sobretudo em Paris, preocupou-me durante muito tempo. Consultei mulheres espirituosas, mulheres de bom gosto, devotas. Após diversas conversas, em que discutimos sobre o forte e sobre o fraco, conciliando as deferências devidas à beleza, à infelicidade de certas conformações diabolicamente redondas, redigimos este admirável aforismo:

IX

Ao se moverem, as mulheres podem tudo mostrar, mas nada deixar ver.

— Mas é evidente que os vestidos — disse uma das damas consultadas — não foram feitos senão para isso.

Essa mulher disse uma grande verdade. Toda nossa sociedade reside nas saias. Impedi o uso da saia à mulher: adeus à *coquetterie*, adeus às paixões. Todo o poder feminino está no vestido: lá onde há tangas, não há amor. Eis por que um bom número de comentadores, os Massorets, sobretudo, pretende que a folha de figueira de nossa mãe Eva era um vestido de casimira. Assim penso.

Não deixarei essa questão secundária sem antes dizer duas palavras sobre uma dissertação verdadeiramente nova que se deu durante essas conversas:

DEVE UMA MULHER LEVANTAR A BARRA DO VESTIDO AO ANDAR?

Imenso problema, se lembrais quantas mulheres empunham, sem elegância, abaixo das costas, um pacote de tecido, e caminham fazendo com que as barras de seus vestidos descrevam um imenso hiato; quantas pobres jovens caminham com inocência segurando seus vestidos transversalmente elevados, de modo a traçar um ângulo cujo ápice está no pé direito, cuja abertura chega acima do tornozelo esquerdo, deixando assim ver suas meias bem brancas, bem esticadas, o sistema de seus coturnos e algumas outras coisas. Ao ver as saias das mulheres assim levantadas, parece que a cortina de um teatro foi içada e que se vislumbram os pés dos bailarinos.

A princípio, era consenso que as mulheres de bom gosto jamais saíssem a pé em tempo de chuva ou quando as ruas estivessem repletas de poças. Em seguida, foi soberanamente decidido que uma mulher jamais devia tocar em sua saia em público e jamais levantá-la sob qualquer pretexto.

— Entretanto — disse eu — e se houvesse um riacho a ser transposto?

— Pois bem, senhor, uma mulher, como se deve, com delicadeza segura seu vestido do lado esquerdo, levanta-o, ergue-se com um pequeno movimento e logo solta o vestido. *Ecco.*

Lembrei-me, então, da magnificência das dobras de certos vestidos. Vieram-me à memória as admiráveis ondulações de certas pessoas, a graça das sinuosidades, das tortuosidades moventes de suas cotas: não pude assim resistir a consignar aqui meu pensamento.

X

Há movimentos de saia que valem um prêmio Montyon.[64]

64. Trata-se de um prêmio concedido a obras literárias. O prêmio empresta seu nome de Jean-Baptitste-Antoine Auget, barão de Montyon, fundador de diversos prêmios de virtude e de literatura outorgados pelo Institut de France.

Está provado que as mulheres não devem levantar seus vestidos, senão muito secretamente. Na França, esse princípio será tido como incontestável.

Para concluir sobre a importância do mover-se no que diz respeito aos diagnósticos, peço que me perdoeis uma citação diplomática. A princesa de Hessen-Darmstadt[65] apresentou suas três filhas para a imperatriz, que escolheria dentre elas uma esposa para o grão-duque, disse um embaixador do século passado, o senhor Mercy d'Argenteau[66]. Sem lhes ter falado, a imperatriz optou pela segunda. A princesa, surpresa, perguntou-lhe a razão desse breve julgamento.

— Observei-as de minha janela quando desciam da carruagem — respondeu a imperatriz. — A mais velha pisou em falso, a segunda desceu naturalmente; a terceira saltou o estribo. A mais velha deve ser desajeitada, a mais jovem estouvada.

Era verdade.

Se o movimento trai o caráter, os hábitos da vida, os mais secretos costumes, o que direis do andar daquelas mulheres muito volumosas que, tendo as ancas muito acentuadas, fazem-nas subir, descer alternadamente, em tempos bem iguais, como as alavancas de uma máquina a vapor, e que empreendem uma espécie de pretensão nesse movimento

---

65. O grão-ducado de Hessen-Darmstadt fazia parte da Prússia em 1866, quando a ela foi anexado. Atualmente, a Hessen é um dos Estados alemães, cuja capital é Wiesbaden.

66. O conde Mercy d'Argenteau (1727-1794), que deixou para a posteridade uma profícua correspondência, foi diplomata austríaco, homem de confiança da imperatriz austríaca Maria Teresa junto à rainha francesa Maria Antonieta e embaixador em Versalhes.

sistemático? Não devem elas medir o amor com uma admirável precisão?

Para minha felicidade, um agente de câmbio não deixou de passar por esse bulevar onde reina a Especulação. Tratava-se de um homem gordo, encantado consigo mesmo, e dedicado a se atribuir desenvoltura e graça. Ele imprimia ao seu corpo um movimento de rotação que enrola e desenrola sobre suas coxas as laterais de seu redingote, à semelhança da voluptuosa jaqueta da Taglioni que, após ter concluído sua pirueta, volta-se para a plateia a fim de receber os aplausos. Era um movimento de circulação de acordo com seus hábitos de agente de câmbio: rolava como seu dinheiro.

Logo atrás dele vinha uma jovem de estatura elevada que, pés juntos, boca apertada, bem apertada, descrevia uma ligeira curva, e caminhava movida por pequenos sobressaltos, como se, mecânica imperfeita, suas molas estivessem com problemas, suas apófises já soldadas. Seus movimentos eram rígidos, ela pecava contra meu oitavo axioma.

Alguns homens passaram, andando com um ar agradável. Verdadeiros modelos de um reconhecimento de teatro, pareciam reencontrar um colega de colégio no cidadão pacífico e despreocupado que caminhava na direção deles.

Nada direi daqueles palhaços involuntários que representam dramas na rua; mas peço que reflitam sobre este memorável axioma:

XI

Quando o corpo está em movimento, o rosto deve permanecer imóvel.

É por isso que dificilmente pintarei meu desprezo pelo homem de negócios que anda depressa, esquivando-se como uma enguia dentro de seu vaso por entre as fileiras cerradas dos *flâneurs*. Ele entrega-se ao andar como um soldado que faz sua parada. É, em geral, conversador, fala alto, absorto em seus discursos; indigna-se, interpela seu adversário ausente, oferece-lhe argumentos sem réplica, gesticula, entristece-se, alegra-se. Adeus, delicioso momo, orador distinto!

Que diríeis de um desconhecido que comunicava transversalmente a seu ombro esquerdo o movimento da perna direita e, ao mesmo tempo, o da perna esquerda ao ombro direito, através de um movimento de fluxo e de refluxo tão regular que, ao vê-lo caminhar, o teríeis comparado a dois grandes bastões que sustentariam um traje! Era com certeza um operário que enriquecera.

Os homens condenados a repetir o mesmo movimento pelo trabalho a que estão sujeitos têm todos no andar o princípio locomotor muito bem determinado: encontra-se esse princípio seja no tórax, seja nos quadris, seja nos ombros. O corpo com frequência pende inteiro para um único lado. Em geral, os homens de estudo inclinam a cabeça. Aquele que tiver lido *A fisiologia do gosto* deve se lembrar da seguinte expressão: *nariz a oeste*, como o senhor Villemain[67]. Com efeito, esse célebre professor carrega sua cabeça com uma originalidade bastante espirituosa, da direita para a esquerda.

67. François Villemain (1790-1870) foi professor universitário na Sorbonne e ministro da Instrução Pública de 1839 a 1844. É autor de um *Curso de literatura francesa*, com particular destaque para o século XVIII.

Com relação ao porte da cabeça, há observações curiosas. O queixo no ar à maneira de Mirabeau[68] é uma atitude de orgulho que, a meu ver, é em geral indecorosa. Essa pose é apenas permitida aos homens que travam um duelo com seu século. Poucas pessoas sabem que Mirabeau tomou essa audácia teatral de seu grande e imortal adversário, Beaumarchais. Foram dois homens perseguidos, e a perseguição, tanto no plano moral quanto no físico, engrandece um homem de gênio. Nada espereis do infeliz que abaixa a cabeça, nem do rico que a ergue! O primeiro será sempre escravo, o outro já o foi; esse é um velhaco, aquele o será.

É certo que os homens mais poderosos penderam ligeiramente a cabeça para a esquerda. Alexandre, César, Luís XIV, Newton, Carlos XII, Voltaire, Frederico II e Byron afetavam essa atitude. Napoleão mantinha sua cabeça ereta e via tudo de maneira retangular. Tinha o hábito de encarar os homens, os campos de batalha e o mundo moral. Robespierre, homem que ainda não foi julgado, olhava também sua assembleia de frente. Danton dá continuidade à atitude de Mirabeau. O senhor de Chateaubriand inclina a cabeça para a esquerda.

Após um exame maduro, declaro-me favorável a essa atitude. Encontrei-a em seu estado normal junto a todas as mulheres graciosas. A graça (e o gênio comporta graça) tem horror à linha reta. Essa observação corrobora nosso sexto axioma.

68. Honoré-Gabriel de Mirabeau (1749-1791) foi o mais notável orador da Revolução Francesa. Deputado do Terceiro Estado e defensor da monarquia constitucional, não por acaso foi acusado de ter pactuado com a corte.

Existem duas outras naturezas de homens cujo mover-se é incomutavelmente viciado: os marinheiros e os militares.

Os marinheiros têm as pernas separadas, sempre prestes a flexionar, a se contrair. Obrigados a bambolear sobre os conveses para seguir o impulso do mar, é-lhes impossível, quando em terra, andar em linha reta. Eles sempre ziguezagueiam: eis por que se começa a transformá-los em diplomatas.

Os militares têm um andar perfeitamente reconhecível. Quase todos se apoiam sobre os rins, como um busto sobre seu pedestal; suas pernas agitam-se sob o abdômen, como se fossem movidas por uma alma subalterna encarregada de velar o perfeito governo das coisas terrenas. O alto do corpo não parece ter consciência dos movimentos inferiores. Ao vê-los caminhar, pensaríeis ver o torso do Hércules do palácio Farnèse posto sobre rodinhas, e que é levado ao centro de um ateliê. Eis a razão: o militar é a todo momento forçado a carregar a soma total de sua força no tórax, que vem sempre à frente e está sempre ereto. Ora, para emprestar a Amyot[69] uma de suas mais belas expressões, todo homem *que se ergue sobre os pés* pesa com vigor sobre a terra, a fim de tomá-la como ponto de apoio; e no alto do corpo há um contragolpe da força que ele assim retira do seio da mãe comum. Nele, o aparelho locomotor necessariamente se cinde. O foco de coragem está em seu peito. As pernas são apenas um apêndice de sua organização.

---

69. Humanista francês, François Amyot (1513-1593) foi tradutor de Plutarco e de Longino.

Os marinheiros e os militares aplicam assim as leis do movimento no intuito de sempre obter um mesmo resultado, uma emissão de força pelo *plexus* solar e pelas mãos, dois órgãos que eu por vontade própria definiria como os segundos cérebros do homem, tal o modo como são intelectualmente sensíveis e fluidamente obreiros. Ora, nesses dois agentes, a direção constante de sua vontade deve determinar uma atrofia especial do movimento, donde procede a fisionomia de seu corpo.

Os militares da terra e do mar são a prova viva dos problemas fisiológicos que inspiraram essa teoria. A projeção fluida da vontade, seu aparelho interno, a paridade de sua substância com a de nossas ideias, sua flagrante mobilidade decorrem evidentemente dessas últimas observações. Mas a aparente futilidade de nossa obra não nos permite edificar o mais ligeiro sistema. Aqui, nosso objetivo é prosseguir o curso das demonstrações físicas do pensamento, provar que é possível julgar um homem por seu traje pendurado em um cabide, assim como pelo aspecto de seu mobiliário, de sua carruagem, de seus cavalos, de seus serviçais, e dar sábios preceitos para as pessoas ricas a ponto de se consumirem elas próprias na vida exterior. O amor, a conversação, os jantares na cidade, o baile, a elegância do vestir-se, a existência mundana, a frivolidade comportam uma grandeza maior do que pensam os homens. Donde o seguinte axioma:

XII

Todo movimento exorbitante é uma prodigalidade sublime.

Fontenelle passou de um século a outro graças à estrita economia que aplicava à distribuição de seu movimento vital. Preferia ouvir a falar; era então considerado infinitamente amável. Todos pensavam desfrutar do espirituoso acadêmico. Ele proferia palavras que resumiam a conversação e nunca conversava. Bem conhecia a prodigiosa perda de fluido exigida pelo movimento vocal. Jamais elevara o tom de voz, em nenhuma ocasião de sua vida; jamais falava quando estava a bordo de uma carruagem, para não ter de elevar o tom. Não se encolerizava. Não amava ninguém; as pessoas lhe eram agradáveis. Quando Voltaire se queixou de seus críticos em casa de Fontenelle, o bom homem abriu uma grande mala repleta de panfletos não rasgados:

— Aqui está — disse ele ao jovem Arouet[70] — tudo o que foi escrito contra mim. A primeira epigrama é de autoria do senhor Racine, o pai[71].

E fechou a mala.

Fontenelle pouco se moveu, fez-se carregar durante toda a vida. O presidente Rose lia para ele os elogios na Academia; encontrara assim um meio de emprestar alguma coisa desse célebre avaro. Quando seu sobrinho, o senhor d'Aube, do qual Rulhière ilustrou a ira e a mania de discutir, punha-se a falar, Fontenelle fechava os olhos, enfiava-se em sua poltrona e mantinha-se calmo. Diante de todo obstáculo ele parava. Quando a gota o acometia, colocava seu pé sobre um tamborete e permanecia quieto. Não tinha nem virtudes

---

70. Arouet é o sobrenome de Voltaire.

71. "Racine, o pai" é o célebre autor de tragédias compostas no século XVII francês.

nem vícios; tinha espírito. Inaugurou a seita dos filósofos e dela não fez parte. Jamais chorara, jamais correra, jamais rira. A senhora du Deffand[72] disse-lhe um dia:

— Por que jamais o vi rir?

— Jamais fiz "ha! ha! ha!" como todos vocês — respondeu ele —, mas ri bem discretamente, por dentro.

Essa pequena máquina delicada, a princípio condenada a morrer, viveu mais de cem anos.

Voltaire deveu sua longa vida aos conselhos de Fontenelle.

— Senhor — disse-lhe ele —, fazei poucas criancices, são tolices.

Voltaire não esqueceu nem a frase, nem o homem, nem o princípio, tampouco o resultado. Com oitenta anos, pretendia ter feito apenas oitenta tolices. Eis porque a senhora du Châtelet[73] substituiu o retrato de sire de Ferney[74] por aquele de Saint-Lambert[75].

Aí está o aviso para os homens que *virvouchent*, que falam, que correm, e que, em matéria de amor, pindarizam sem saber do que se trata.

O que mais se desgasta são nossas convicções. Tende opiniões, não as defendais, guardai-as; mas as convicções, meu

---

72. A marquesa du Deffand (1697-1780) recebia em seu salão os grandes pensadores do século XVIII.

73. Mulher de letras, a marquesa du Châtelet (1706-1749) foi amiga de Voltaire.

74. Balzac refere-se a Voltaire: Ferney é uma localidade situada na região francesa conhecida como Ain. Voltaire ali possuía uma vasta propriedade, onde residiu de 1758 a 1778.

75. Jean-François de Saint-Lambert (1716-1803), poeta francês, foi amigo dos Enciclopedistas.

Deus, que terrível libertinagem! Uma convicção política ou literária é uma amante que acaba por vos matar com a espada ou com a língua. Vede o rosto de um homem inspirado por uma forte convicção: ele deve brilhar. Se até aqui as emanações de uma cabeça inflamada não foram visíveis a olho nu, não se trata de um fato admitido em poesia, em pintura? E se não foi ainda provado fisiologicamente, ele é sem dúvida provável. Vou mais longe e acredito que os movimentos do homem desprendem um fluido anímico. Sua transpiração é a fumaça de uma chama desconhecida. Daí advém a prodigiosa eloquência do mover-se tomado como *conjunto de movimentos humanos*.

Observai.

Há homens que caminham de cabeça baixa, como aquela dos cavalos de fiacre. Jamais um rico caminha assim, a menos que esteja miserável; ou, então, ele tem ouro, mas perdeu suas fortunas de coração.

Alguns homens caminham conferindo à cabeça uma pose acadêmica. Colocam-se sempre em pose de 3/4, como o senhor conde Molé[76], o antigo ministro dos assuntos exteriores; mantêm o busto imóvel e o pescoço esticado. É como se víssemos as estátuas de Cícero, de Demóstenes, de Cujas[77] andando pelas ruas. Ora, se o famoso Marcel afirmava justamente que a má graça consiste em movimentos que denotam esforço, o que pensais daqueles que assumem o esforço como modelo de suas atitudes?

76. Louis-Mathieu, conde de Molé (1781-1855), foi o primeiro ministro de Luís Filipe I.

77. Jacques Cujas (1522-1590), jurisconsulto francês que adaptou o direito romano à sociedade em que vivia.

Outros parecem somente avançar graças à força dos braços. Suas mãos são remos que os ajudam a navegar: são esses os condenados do mover-se.

Há tolos que afastam por demais as pernas e que ficam surpresos ao ver passarem sob eles cães que correm atrás de seus mestres. Segundo Pluvinel, as pessoas assim conformadas dão excelentes cavaleiros.

Algumas pessoas andam balançando a cabeça, à maneira de Arlequim, como se ela não parasse no lugar. Há, ainda, homens que passam como turbilhões; fazem ventania, parafraseiam a Bíblia: parece que o espírito do Senhor passou por nós ao encontrarmos essa espécie de pessoas. Movem-se como cai a faca do executor. Alguns andarilhos levantam uma perna precipitadamente e a outra com calma: nada mais original. Elegantes transeuntes fazem um parêntese apoiando o punho sobre a anca, e tudo engancham com o cotovelo. Enfim, alguns são encurvados, outros são arqueados: esses últimos batem a cabeça de um lado e de outro, como escaravelhos indecisos; os primeiros balançam-na para frente e para trás. Quase todos se voltam desajeitados.

Paremos aí.

Tantos homens, tantos modos de mover-se! Tentar descrevê-los seria querer procurar todas as desinências do vício, todos os ridículos da sociedade, percorrer o mundo em suas esferas baixas, médias, elevadas. Renuncio a isso.

Das 254 pessoas e meia (pois um senhor sem pernas vale uma fração) cujo mover-se eu analisei, não encontrei uma só que tivesse os movimentos graciosos e naturais.

Voltei para casa desesperado.

— A civilização corrompe tudo! Adultera tudo, mesmo o movimento! Terei de viajar pelo mundo a fim de examinar o mover-se dos selvagens?

No instante em que me dizia essas tristes e amargas palavras, estava eu à janela, olhando o Arco do Triunfo, que os grandes ministros de pequenas ideias que se sucederam, do senhor Montalivet pai ao senhor Montalivet filho[78], ainda não souberam como coroar — quando seria tão simples ali colocar a águia de Napoleão, magnífico símbolo do Império, águia colossal com asas abertas, o bico voltado para seu mestre. Certo de que jamais verei essa sublime economia, baixei os olhos para o meu modesto jardim, como um homem que perde uma esperança. Sterne foi o primeiro a observar esse movimento fúnebre junto aos homens obrigados a enterrar suas ilusões. Eu pensava na magnificência com a qual as águias abrem suas asas, movimento pleno de audácia, quando avistei uma cabra brincando na companhia de um jovem gato sobre a grama. Fora do jardim encontrava-se um cão que, desesperado por não fazer parte do jogo, ia, vinha, ladrava, pulava. De tempos em tempos, a cabra e o gato paravam para olhá-lo com um movimento pleno de comiseração. Chego a pensar que diversos animais são cristãos para compensar o número de cristãos que são animais.

Acreditais que deixei de lado a *Teoria do mover-se.* Deixai-me assim agir.

---

78. Os Montalivet, pai e filho, foram ministros de Estado: Jean-Pierre Bachasson, conde de Montalivet (1766-1823), foi ministro do Interior em 1809; seu filho, Camille (1801-1880), foi diversas vezes ministro sob o reinado de Luís Filipe I.

Esses três animais eram tão graciosos que, para pintá-los, era preciso todo o talento demonstrado por Charles Nodier na cenografia de seu lagarto, seu bonito Kardououn, com suas idas e vindas ao sol, carregando para seu buraco as peças de ouro que pensava serem pedaços de cenouras secas. Claro, renunciarei a esse talento! Fiquei estupefato ao admirar o ardor do movimento daquela cabra, a esperteza alerta do gato, a delicadeza dos contornos que o cão imprimia à sua cabeça e ao seu corpo. Não há outro animal que mais cause interesse que um homem quando o examinamos um pouco filosoficamente. Nele, nada é falso! Voltei-me, então, para mim mesmo. E as observações relativas ao mover-se, que eu acumulava há diversos dias, foram clarificadas por uma luz bem triste. Um demônio zombeteiro lançava-me a horrível frase de Rousseau: O HOMEM QUE PENSA É UM ANIMAL DEPRAVADO!

Novamente pensando no porte audacioso da águia, na fisionomia do mover-se de cada animal, resolvi então retirar os verdadeiros preceitos de minha teoria de um exame aprofundado *de actu animalium*. Descera até aos esgares do homem, subia agora em direção à franqueza da natureza.

E aqui está o resultado de minhas pesquisas anatômicas sobre o movimento:

Todo movimento tem uma expressão que lhe é própria e que vem da alma. Os movimentos falsos são devidos essencialmente à natureza do caráter; os movimentos desajeitados provêm dos hábitos. A graça foi definida por Montesquieu que, ao pensar falar apenas da destreza, disse rindo: "Trata-se da boa disposição das forças que temos."

Os animais são graciosos em seus movimentos, consomem tão somente a soma de força necessária para atingir seus objetivos. Não são nunca falsos ou desajeitados, exprimem com ingenuidade suas ideias. Jamais vos enganareis ao interpretar os gestos de um gato: vedes com facilidade se ele quer brincar, fugir ou saltar.

Por isso, para bem andar, o homem deve se manter ereto sem rigidez, empregar-se a dirigir suas duas pernas sobre uma mesma linha, não pender sensivelmente nem para a direita nem para a esquerda de seu eixo, fazer com que todo seu corpo participe sem que se perceba do movimento geral, introduzir no seu caminhar um ligeiro balanço que destrua por sua oscilação regular o secreto pensamento da vida, inclinar a cabeça, jamais conferir a mesma atitude a seus braços quando ele para. Assim andava Luís XIV. Esses princípios resultam das observações feitas sobre esse grande tipo da realeza pelos escritores que, para minha felicidade, viram nele apenas seu exterior.

Na juventude, a expressão dos gestos, o tom da voz, os esforços da fisionomia são inúteis. Não sois então nunca amáveis, espirituosos divertidos *incognito*. Mas, na velhice, é preciso empregar com mais atenção os recursos do movimento; não pertenceis ao mundo senão pela utilidade que tendes para ele. Jovens, somos vistos; velhos, precisamos nos fazer ver: isto é duro, mas verdadeiro.

O movimento suave está para o mover-se como a simplicidade está para o vestuário. O animal, no seu estado normal, sempre se move com suavidade. Eis porque não há nada de mais ridículo que os grandes gestos, as agitações, as vozes altas e esganiçadas, as reverências apressadas. Olhais, por um instante, as cascatas, mas permaneceis horas a fio à beira de um rio profundo ou diante de um lago. Eis porque o homem que faz muitos movimentos é como um grande falador: todos fogem dele. A mobilidade exterior não convém a ninguém, apenas as mães podem suportar a agitação de seus filhos.

O movimento humano é como o estilo do corpo: é preciso corrigi-lo em demasia para fazê-lo alcançar a simplicidade. Em suas ações como em suas ideias, o homem vai sempre do composto ao simples. A boa educação consiste em deixar às crianças a naturalidade e impedi-las de imitar o exagero dos adultos.

Há nos movimentos uma harmonia, cujas leis são precisas e invariáveis. Ao contar uma história, se elevais de repente a voz, não é o movimento do arco do violino que desagrada os auditores? Se fazeis um gesto brusco, vós os inquietais. No que diz respeito ao porte, o segredo do belo está, como na literatura, nas transições.

Meditai sobre esses princípios, aplicai-os, a todos agradareis. Por quê? Ninguém o sabe. Em todas as coisas, o belo se sente e não se define.

Um belo mover-se, maneiras suaves e um falar gracioso sempre seduzem e conferem a um homem medíocre imensas vantagens sobre um homem superior. Talvez a felicidade seja uma grande tolice! O talento comporta, em todas as coisas, movimentos excessivos que desagradam, e um prodigioso abuso de inteligência que determina uma vida de exceção. O abuso, seja do corpo, seja da cabeça, eternas pragas sociais, causa originalidades físicas, desvios dos quais zombamos sem cessar. A preguiça do turco, sentado sobre o

Bósforo e fumando seu cachimbo, é sem dúvida uma grande sabedoria. Fontenelle, esse belo gênio da vitalidade, que adivinhou as pequenas dosagens do movimento, a homeopatia do andar, era essencialmente asiático.

— Para ser feliz — disse ele — é preciso ocupar pouco espaço, e pouco mudar de lugar.

Assim, o pensamento é a potência que corrompe nosso movimento, que nos entorta o corpo, que o fende sob seus despóticos esforços. Ele é o grande solvente da espécie humana.

Rousseau assim o disse, Goethe assim o dramatizou no *Fausto*, Byron assim o poetizou em *Manfred*. Antes deles, o Espírito Santo exclamou de modo profético sobre aqueles que se movem sem cessar: "Que sejam como rodas!"

Prometi-lhes um verdadeiro contrassenso como fundamentação para essa teoria, já chego lá.

Desde tempos imemoriais, três fatos foram perfeitamente constatados, e as consequências que resultam de sua aproximação foram pressentidas principalmente por Van Helmont[79] e, antes dele, por Paracelso, que foi considerado um charlatão. Mais cem anos e Paracelso se tornaria um grande homem!

A grandeza, a agilidade, a concreção, o alcance do pensamento humano, o gênio, em um único termo, são incompatíveis:

Com o movimento digestivo;

79. Johann Baptist van Helmont (1577-1644), médico e químico belga, estudou os gases e descobriu o suco gástrico.

Com o movimento corporal;

Com o movimento vocal.

Assim o provam, em resultado, os grandes comedores, os bailarinos e os falastrões; assim o provam, em princípio, o silêncio ordenado por Pitágoras, a imobilidade quase constante dos ilustres geômetras, dos maravilhados, dos pensadores, e a sobriedade necessária aos homens de energia intelectual.

O gênio de Alexandre historicamente se perdeu na libertinagem. O cidadão que veio anunciar a vitória de Maratona deixou sua vida na praça pública. O laconismo constante daqueles que meditam não saberia ser contestado.

Isso posto, escutai uma outra tese.

Abro os livros nos quais estão consignados os grandes trabalhos anatômicos, as provas da paciência médica, os títulos de glória da escola de Paris. Começo pelos reis.

Está provado, pelas diferentes autópsias das pessoas reais, que o hábito da representação vicia o corpo dos príncipes; seus quadris tornam-se efeminados. Daí o balançar conhecido dos Bourbons; daí, dizem os observadores, o abastardamento das raças. O defeito de movimento, ou o vício do movimento, produz lesões que procedem por irradiação. Ora, assim como toda paralisia provém do cérebro, toda atrofia do movimento talvez nele se conclua. Os grandes reis foram, todos, em essência, homens de movimento. Provas evidentes disso: Júlio César, Carlos Magno, São Luís, Henrique IV, Napoleão.

Os magistrados, obrigados a passar suas vidas sentados, são reconhecidos por um não sei quê de embaraçoso, por um movimento de ombros, por diagnósticos dos quais vos poupo, porque nada têm de pitoresco e porque seriam tediosos; se desejais saber por quê, basta observá-los! O gênero magistrado é, socialmente falando, aquele em que o espírito se torna mais prontamente obtuso. Não se trata da zona humana em que a educação deveria dar seus melhores frutos? Ora, há quinhentos anos, ela somente contribuiu com dois grandes homens. Montesquieu e o presidente de Brosses[80] pertencem à ordem judiciária apenas formalmente: um ficava muito pouco tempo na assembleia, o outro era um homem puramente espiritual. L'Hôpital e D'Aguesseau[81] eram homens superiores e não homens de gênio. Dentre as inteligências, as do magistrado e do burocrata, duas naturezas de homens privados de ação, tornam-se *máquinas* antes de todas as outras. Ao descer mais na ordem social, encontrareis os porteiros, as pessoas de sacristia e os operários sentados, assim como os alfaiates, corrompidos em um estado vizinho da imbecilidade por privação do movimento. O gênero de vida dos magistrados e os hábitos assumidos por seus pensamentos demonstram a excelência de nossos princípios.

As pesquisas dos médicos que se dedicaram à loucura, à imbecilidade, provam que o *pensamento humano*, a mais elevada expressão das forças do homem, é abolido em sua totalidade pelo abuso do sono, que é um repouso.

---

80. O escritor Charles de Brosses, conhecido como Presidente de Brosses (1709-1777), é autor das célebres *Cartas sobre a Itália*.

81. Michel de L'Hôpital (1505-1573) foi chanceler da França no ano de 1560. Henri-François d'Aguesseau (1668-1751) foi chanceler do reino em 1717 e entre 1727 e 1750.

Observações sagazes estabelecem da mesma forma que a inatividade traz lesões ao organismo moral. São fatos gerais de uma ordem banal. A inércia das faculdades físicas resulta, no que diz respeito ao cérebro, nas consequências do sono muito prolongado. Logo ireis me acusar de dizer lugares comuns. Todo órgão perece, seja pelo abuso, seja por falta de uso. Todos sabem isto.

Se a inteligência, expressão tão viva da alma que muitas pessoas a confundem com a própria alma, se o *vis humana* não podem estar a um só tempo na cabeça, nos pulmões, no coração, no ventre, nas pernas;

Se a predominância do movimento em uma porção qualquer de nossa máquina exclui o movimento em outras;

Se o pensamento, esse não sei quê de humano, tão fluido, tão expansivo, tão contráctil, do qual Gall enumerou os reservatórios, do qual Lavater com tanta sapiência acusou os afluentes, continuando assim Van Helmont, Boërhaave[82], Bordeu[83] e Paracelso, que, antes deles, haviam dito: há três circulações no homem (*tres in homine fluxus*), os humores, o sangue e a substância nervosa, chamada *nossa seiva* por Cardan[84]; se o pensamento, dizia eu, prefere um tubo de nossa máquina a outros, e ali aflui tão visivelmente que, seguindo o curso da vida comum, vós o encontrareis nas pernas da criança; em seguida, durante a adolescência, vós o vereis

82. Hermann Boërhaave (1668-1738), médico e botânico holandês.

83. Théophile de Bordeu (1722-1776), médico francês, foi autor de pesquisas sobre as águas termais.

84. Geronimo Cardan (1501-1576), matemático e filósofo italiano que resolveu a equação de terceiro grau.

elevar-se e ganhar o coração: de vinte e cinco a quarenta anos, subir na cabeça do homem e, mais tarde, cair no ventre;

Pois bem, se a falta de movimento enfraquece a força intelectual, se todo repouso a aniquila, por que o homem que deseja energia vai pedi-la ao repouso, ao silêncio e à solidão? Se o próprio Jesus, o Homem-Deus, retirou-se durante quarenta dias no deserto para ali ganhar coragem, a fim de suportar sua paixão, por que a raça real, o magistrado, o chefe de escritório, o porteiro tornar-se-iam estúpidos? Como a tolice do bailarino, do gastrônomo e do falastrão tem como causa o movimento, que daria espírito ao alfaiate, e que teria salvado os carolíngios de seu abastardamento? Como conciliar duas teses inconciliáveis?

Não é caso de refletir sobre as condições ainda desconhecidas de nossa natureza interior? Não poderíamos buscar com ardor as leis precisas, que regem tanto nosso aparelho intelectual quanto nosso aparelho motor, a fim de conhecer o ponto exato para o qual o movimento é benéfico, e aquele onde é fatal?

Discurso de burguês, de tolo, que crê ter dito tudo quando citou *Est modus in rebus*. Poderíeis oferecer-me um grande resultado humano obtido sem um movimento excessivo, material ou moral? Dentre os grandes homens, Carlos Magno e Voltaire são duas imensas exceções. Somente eles viveram longamente liderando seu século. Ao prospectar todas as coisas humanas, encontrareis o terrível antagonismo de duas forças que produz a vida, mas que não deixa à ciência senão uma negação como fórmula. *Nada* será a perpétua epígrafe de nossas tentativas científicas.

Eis um bom caminho percorrido. Somos ainda como o louco em seu camarote, examinando o abrir ou o fechar da porta: a vida ou a morte, a meu ver. Salomão ou Rabelais são dois admiráveis gênios. O primeiro disse: *Omnia vanitas* (tudo é vazio)![85] Ele teve trezentas mulheres e não teve filhos. O segundo percorreu todas as instituições sociais e, como conclusão, colocou-nos diante de uma garrafa, dizendo-nos: "Beba e ria!" Ele não disse "Ande!"

Aquele que disse "O primeiro passo que o homem dá na vida é também o primeiro em direção ao túmulo" tem a minha profunda admiração, admiração que concedo àquela deliciosa ganacha que Henry Monnier pintou, dizendo a seguinte grande verdade: "Retirai o homem da sociedade, vós o isolareis."

Outubro de 1833.

85. Segundo tradução do próprio Balzac.

TRATADO DOS EXCITANTES MODERNOS

I

Examinada a questão

A absorção de cinco substâncias, descobertas há cerca de dois séculos e introduzidas na economia humana, conheceu há alguns anos desenvolvimentos tão excessivos, que as sociedades modernas se viram modificadas de maneira incalculável.

Essas cinco substâncias são:

1º A aguardente ou o álcool, base de todos os licores, cuja aparição data dos últimos anos do reinado de Luís XIV, e que foram inventados para reaquecer as friezas de sua velhice.

2º O açúcar. Essa substância invadiu a alimentação popular apenas recentemente, no momento em que a indústria francesa soube fabricá-la em grandes quantidades e vendê-la por seu antigo preço, o qual certamente ainda baixará, apesar do fisco que a vigia a fim de taxá-la.

3º O chá, conhecido há cerca de cinquenta anos.

4º O café. Embora outrora descoberto pelos árabes, a Europa somente fez uso desse excitante a partir de meados do século XVIII.

5º O tabaco, cujo uso pela combustão tornou-se geral apenas a partir da paz na França.

Examinemos inicialmente a questão, colocando-nos do ponto de vista mais elevado.

Uma determinada parte da força humana aplica-se à satisfação de uma necessidade. Daí resulta aquela sensação, variável de acordo com os temperamentos e com os climas, a que chamamos *prazer*. Nossos órgãos são os ministros de nossos prazeres. Quase todos têm um duplo destino: apreendem substâncias, que nos são incorporadas; em seguida, restituem-nas, total ou parcialmente, sob uma forma qualquer, ao reservatório comum, a terra. Essas poucas palavras significam a química da vida humana.

Os cientistas não discordarão dessa fórmula. Vós não encontrareis um só sentido — e por sentido entenda-se todo seu aparelho — que não obedece a essa regra, seja qual for a região em que faça suas evoluções. Todo excesso baseia-se em um prazer que o homem deseja repetir para além das leis comuns promulgadas pela natureza. Quanto menos a força humana estiver ocupada, mais tende ao excesso, ao qual ela é irresistivelmente conduzida pelo pensamento.

I

Para o homem social, viver é se despender mais ou menos rápido.

É por isso que quanto mais as sociedades são civilizadas e tranquilas, mais se enveredam na via dos excessos. O estado de paz é um estado funesto para certos indivíduos.

Talvez seja isso que tenha feito Napoleão dizer: "*A guerra é um estado natural.*"

Para absorver, reabsorver, decompor, assimilar, devolver ou recriar qualquer substância, operações constitutivas do mecanismo de todo prazer, sem exceção, o homem envia sua força ou uma parte de sua força àquele ou àqueles órgãos que são os ministros do prazer desejado.

A natureza quer que todos os órgãos participem da vida em proporções iguais. Enquanto a sociedade desenvolve nos homens uma espécie de sede por esse ou aquele prazer, cuja satisfação traz a esse ou aquele órgão uma força maior do que lhe é devida, às vezes, mesmo, toda a força, os afluentes que a mantêm desertam os órgãos irrigados por quantidades equivalentes àquelas absorvidas pelos órgãos glutões. Daí as doenças e, enfim, a abreviação da vida. Essa teoria é espantosamente aterradora, como o são todas as que se estabeleceram a partir dos fatos, em vez de serem promulgadas *a priori*. Pedi vida ao cérebro através de constantes trabalhos intelectuais e a força ali se desdobra; dele alarga as delicadas membranas, enriquece sua polpa. Mas se ela deixar a sobreloja, o homem de gênio ali encontrará a doença que a medicina decentemente chama *frigidez*. Ao contrário, passai a vida aos pés dos divãs sobre os quais estão mulheres infinitamente encantadoras, e estareis deveras apaixonados, tornar-vos-eis um verdadeiro franciscano sem o hábito. A inteligência é incapaz de funcionar nas altas esferas da concepção. A verdadeira força está entre estes dois excessos. Quando se leva ao mesmo tempo vida intelectual e vida amorosa, o homem de gênio morre, como morreram

Rafael e lorde Byron. Casto, morre-se por excesso de trabalho, tanto quanto pela libertinagem; mas esse gênero de morte é raríssimo. O excesso de tabaco, o excesso de café, o excesso de ópio e de aguardente produzem graves desordens e conduzem a uma morte precoce. O órgão, sem cessar irritado, sem cessar alimentado, hipertrofia-se: adquire um volume anormal, sofre; e vicia a máquina, que sucumbe.

Cada um é mestre de si, de acordo com a lei moderna; mas se os elegíveis e os proletários que leem estas páginas acreditam fazer mal apenas a si mesmos ao fumarem como chaminés ou beberem como Alexandre, estão estranhamente enganados: eles adulteram a raça, abastardam a geração, com a consequente ruína dos países. Uma geração não tem o direito de diminuir a outra.

II

A alimentação é a geração.

Fazei gravar esse axioma em letras douradas em vossas salas de jantar. É estranho que Brillat-Savarin, depois de ter pedido à ciência que aumentasse a nomenclatura dos sentidos, do sentido *genésico*, tenha se esquecido de sublinhar a relação existente entre os produtos do homem e as substâncias capazes de mudar as condições de sua vitalidade. Com que prazer eu teria lido nele o próximo axioma:

III

A maré produz meninas, o matadouro faz os meninos.

O futuro de um povo depende tanto de sua alimentação quanto de seu regime. A aguardente matou as raças indígenas.

Considero a Rússia uma autocracia sustentada pelo álcool. Quem sabe se o abuso do açúcar não foi de certo modo responsável pela degradação da nação espanhola que, no momento da descoberta do chocolate, estava prestes a reeditar o Império romano? O tabaco já atingiu os turcos, os holandeses e ameaça agora a Alemanha. Nenhum de nossos homens de Estado, geralmente mais preocupados consigo próprios do que com a coisa pública — a menos que consideremos como coisa pública suas vaidades, suas amantes e seus capitais —, sabe para onde caminha a França em razão de seus excessos de tabaco, de seu uso do açúcar, da batata que substituiu o trigo, da aguardente, etc.

Vede que diferença na coloração, no perfil dos grandes homens atuais e daqueles dos séculos passados, os quais sempre resumem as gerações e os costumes de suas épocas! Quantos talentos de todos os gêneros vemos hoje abortar, cansados após uma primeira obra doentia? Nossos pais são os autores das vontades mesquinhas dos tempos atuais.

Eis o resultado de uma experiência feita em Londres, cuja veracidade foi-me garantida por duas pessoas dignas de fé, um sábio e um homem político, e que se refere às questões de que trataremos.

O governo inglês permitiu dispor da vida de três condenados à morte: eles puderam escolher entre serem enforcados — fórmula habitual na Inglaterra — e viverem exclusivamente, um de chá, o segundo de café, o outro de chocolate, sem acrescentar qualquer alimento diferente, qualquer que fosse a sua natureza, nem beber outros líquidos. Os velhacos aceitaram. Talvez qualquer condenado fizesse o mesmo. Como cada alimento oferecia mais ou menos chances, sortearam a opção entre eles.

O homem que viveu de chocolate morreu oito meses depois.

O homem que viveu de café durou dois anos.

O homem que viveu de chá sucumbiu apenas ao final de três anos.

Suponho que a Companhia das Índias tenha solicitado a experiência visando os interesses de seu comércio.

O homem do chocolate morreu em um terrível estado de podridão, devorado pelos vermes. Seus membros caíram um por um, como os da monarquia espanhola.

O homem do café morreu queimado, como se o fogo de Gomorra o tivesse calcinado. Teria sido possível fabricar cal com ele. Isso foi proposto, mas a experiência pareceu contrária à imortalidade da alma.

O homem do chá tornou-se magro e quase transparente, morreu de consumpção, no estado de diafaneidade: via-se através de seu corpo, um filantropo pôde mesmo ler o *Times*, uma luz tendo sido colocada atrás do corpo. A decência inglesa não permitiu uma experiência mais original.

Não posso me impedir de observar o quanto é filantrópico utilizar o condenado à morte em vez de guilhotiná-lo de maneira brutal. Já se emprega a adiposúria dos anfiteatros na fabricação da vela, não devemos parar em tão belo caminho. Que os condenados sejam, pois, entregues aos cientistas, em vez de serem entregues ao carrasco.

Uma outra experiência relativa ao açúcar foi feita na França.

O senhor Magendie alimentou os cães exclusivamente com açúcar. Os terríveis resultados de sua experiência foram publicados, assim como o tipo de morte desses interessantes amigos do homem, de quem partilham os vícios (os cães são brincalhões). Mas esses resultados ainda nada provam em relação a nós.

II

Sobre a aguardente

A uva foi a primeira a revelar as leis da fermentação, nova ação que se opera entre seus elementos graças à influência atmosférica, e donde se origina uma combinação que contém o álcool obtido por destilação e que, desde então, a química encontrou em muitos produtos botânicos. O vinho, seu produto imediato, é o mais antigo dos excitantes: a César o que é de César, ele estará sempre em primeiro lugar. Aliás, seu espírito é aquele que, dentre todos, mais mata hoje no mundo. O cólera causou terror. A aguardente é um flagelo de outra natureza!

Que *flâneur* deixou de observar nos arredores das Halles[1], em Paris, aquela tapeçaria humana formada entre duas e cinco horas da manhã pelos homens e mulheres que frequentam os destiladores, cujas bodegas ignóbeis estão bastante longe dos palácios construídos em Londres para os consumidores que ali vêm para se consumir, mas onde os resultados são os mesmos? Tapeçaria: eis a palavra.

1. Na Idade Média, as Halles, célebres mercados cobertos, atraíam multidões. São famosas atualmente por seus restaurantes e cafés e pela proximidade com o centro Beaubourg.

Os andrajos e as fisionomias estão em tal harmonia, que não se sabe onde termina o farrapo, onde começa a carne, onde está o barrete, onde se ergue o nariz; o rosto é com frequência mais sujo que o trapo de tecido que notamos ao analisar essas monstruosas personagens definhadas, esvaziadas, descoradas, esbranquiçadas, azuladas, curvadas pela aguardente. Devemos a esses homens aquela desova ignóbil que enfraquece ou que produz o terrível menino de rua de Paris. Desses balcões procedem aqueles seres miseráveis que compõem a população operária. A maioria das moças de Paris é dizimada pelo abuso dos licores fortes.

Como observador, era-me indigno ignorar os efeitos da embriaguez. Eu deveria estudar as fruições que seduzem o povo e que seduziram, digamo-lo, Byron depois de Sheridan, e *tutti quanti*. A coisa era difícil. Na qualidade de consumidor de água, preparado talvez a esta investida em razão de meu longo hábito de café, o vinho não tem sobre mim efeito algum, seja qual for a quantidade que minha capacidade gástrica permite-me absorver. Sou um conviva dispendioso. Esse fato, conhecido por um de meus amigos, inspirou-lhe o desejo de vencer esta virgindade. Eu jamais fumara. Sua futura vitória assentou-se sobre aquelas outras primícias a serem ofertadas *diis ignotis*. Assim, em um dia dos Italianos, no ano de 1822, meu amigo me desafiou, na esperança de me fazer esquecer a música de Rossini, a Cinti, Levasseur, Bordogni, a Pasta[2],

2. Émile Levasseur (1828-1911), economista e geógrafo francês. Pâris Bordogni (1500-1571), pintor, foi aluno de Ticiano. Giuditta Pasta (1798-1865), cantora de ópera, atraía multidões ao teatro graças a seu registro vocal, que reunia os timbres de soprano e contralto.

em um divã que ele espreitava desde a sobremesa, e onde foi ele que acabou se deitando. Dezessete garrafas vazias assistiam à sua derrota. Como ele me obrigara a fumar dois charutos, o tabaco teve sobre mim uma ação que notei ao descer a escada. Julguei que os degraus compunham-se de uma matéria mole; mas subi de maneira gloriosa na carruagem, razoavelmente ereto, grave e pouco disposto a conversar. Ali, pensei estar dentro de um forno, baixei um vidro, o ar terminou por me *subir à cabeça*, expressão técnica dos ébrios. Percebia uma indefinição surpreendente na natureza. Os degraus da escadaria do teatro dos Bouffon pareceram-me ainda mais moles que os outros; mas tomei o meu lugar na galeria sem qualquer desventura. Não teria então ousado afirmar que estava em Paris, em meio a uma resplandecente sociedade, da qual eu não distinguia nem a indumentária nem as fisionomias. Minha alma estava embriagada. O que ouvi da abertura de *La Gazza* equivalia aos sons fantásticos que caem dos céus aos ouvidos de uma mulher em êxtase. As frases musicais chegavam a mim através de nuvens brilhantes, desembaraçadas daquilo que os homens colocam de imperfeito em suas obras, repletas daquilo que o sentimento do artista ali imprime de divino. A orquestra parecia-me um vasto instrumento, em que se realizava um determinado trabalho, do qual eu não podia perceber nem o movimento, nem o mecanismo, vendo de modo bastante confuso os braços dos baixos, os arcos em agitação, as curvas de ouro dos trombones, as clarinetas, as luzes; jamais os homens. Apenas uma ou duas cabeças empoadas, imóveis, e duas fisionomias inchadas, plenas de esgares, que me inquietavam. Eu quase cochilava.

— Este senhor cheira a vinho — disse em voz baixa uma dama, cujo chapéu com frequência resvalava minha face, que contra minha vontade resvalava aquele chapéu.

Confesso ter ficado ofendido.

— Não, senhora — respondi —, cheiro a música.

Saí, mantendo-me notavelmente ereto, mas calmo e frio como um homem que, não sendo apreciado, retira-se dando a seus críticos a impressão temerosa de ter molestado algum gênio superior. Para provar àquela dama que eu era incapaz de beber além da conta, e que meu cheiro devia ser um acidente de fato estranho aos meus hábitos, premeditei dirigir-me ao camarote da senhora duquesa de... (mantenhamos o segredo), de quem avistei a bela cabeça enquadrada por *plumas e rendas* de modo tão singular que me senti atraído de maneira irresistível em sua direção, graças ao desejo de verificar se aquele inconcebível penteado era verdadeiro, ou se era fruto de alguma fantasia da ótica particular de que eu me dotara durante algumas horas.

Quando lá estiver, pensei, entre aquela dama tão elegante e sua amiga tão afetada, tão pretensiosa, ninguém suspeitará de que estou entre dois vinhos, e dirão que devo ser algum homem distinto entre duas mulheres.

Mas estava ainda perambulando pelos intermináveis corredores do Théâtre-Italien, sem poder encontrar a desgraçada porta do camarote, quando a multidão, saindo após o espetáculo, jogou-me contra uma parede. Essa noite foi sem dúvida uma das mais poéticas de minha vida. Em nenhuma outra época vi tantas plumas, tantas rendas, tantas belas mulheres, tantas pequenas vidraças ovais através das quais os curiosos e as pessoas apaixonadas examinam o conteúdo de um camarote. Jamais despendi tanta energia ou mostrei tanta atitude, poderia mesmo dizer teimosia não fosse o respeito que devemos a nós mesmos. A tenacidade do rei Guilherme de Holanda nada significa para a questão belga em comparação com a perseverança que manifestei para me levantar na ponta dos pés e conservar um agradável sorriso. No entanto, tive acessos de ira, chorava por vezes. Essa fraqueza me coloca abaixo do rei da Holanda. Em seguida, ideias terríveis atormentavam-me, ao divagar sobre tudo o que aquela dama tinha o direito de pensar de mim, se eu não reaparecesse entre a duquesa e sua amiga; mas me consolava desprezando o gênero humano em sua totalidade. Estava, contudo, enganado. Naquela noite, havia boa companhia no teatro dos Bouffon. Todos estavam ali repletos de atenção para comigo e se afastavam para me deixar passar. Enfim, uma mulher muito bela deu-me o braço para sair. Atribuí tal gentileza à alta consideração demonstrada por Rossini, que me disse algumas palavras lisonjeiras, das quais não me lembro, mas que deviam ser eminentemente espirituosas: sua conversa está à altura de sua música. Essa mulher era, penso, uma duquesa ou talvez uma lanterninha[3]. Minha memória é tão confusa que estou mais propenso a pensar que era uma lanterninha e não

3. *Ouvreuse*, no original. A *ouvreuse* — isto é, a que abre caminho — é a pessoa encarregada, nas salas de espetáculo francesas — teatros, cinemas, óperas, etc. — de conduzir os espectadores a seus lugares, recebendo em troca, quase sempre, uma pequena gorjeta.

uma duquesa. Contudo, ela tinha plumas e rendas! Sempre plumas e sempre rendas! Enfim, encontrei-me em minha carruagem, pela razão superlativa de meu cocheiro apresentar em relação a mim uma semelhança que me afligiu, e pelo fato de ele ter adormecido sozinho na praça dos Italianos. Chovia forte, não lembro de ter recebido uma só gota. Pela primeira vez, experimentava um dos prazeres mais vivos, mais extravagantes do mundo, êxtase indescritível: as delícias de que se usufrui ao atravessar Paris às onze e meia da noite, carregado com rapidez em meio aos lampiões, vendo passar miríades de lojas, luzes, tabuletas, figuras, grupos, mulheres sob guarda-chuvas, ângulos de ruas fantasticamente iluminados, praças sombrias; observando, através das listras da forte chuva, mil coisas que por engano pensamos ter apercebido em algum lugar, em pleno dia. E sempre plumas! E sempre rendas! Até mesmo nas lojas de doces.

Desde então compreendi muito bem o prazer da embriaguez. A embriaguez lança um véu sobre a vida real, desfaz o conhecimento das dores e das tristezas, descarta o fardo do pensamento. Compreende-se, então, como os grandes gênios puderam servir-se dela, e porque o povo a ela se entrega. Em vez de ativar o cérebro, o vinho o idiotiza. Longe de excitar as reações do estômago na direção das forças cerebrais, o vinho, depois de uma garrafa consumida, turva as papilas, os condutos ficam saturados, o gosto não mais funciona, e é impossível àquele que bebe distinguir a delicadeza dos líquidos servidos. Os alcoóis são absorvidos e ganham, em grande parte, o sangue. Gravai, pois, este axioma em vossa memória:

IV

A embriaguez é um envenenamento momentâneo.

Eis porque, graças à repetição constante desses envenenamentos, o alcoólatra acaba por mudar a natureza de seu sangue: altera seu movimento pelo fato de suprimir seus princípios ou desnaturalizá-los; nele se dá tamanha perturbação que a maioria dos alcoólatras perde as faculdades generativas ou as viciam de tal modo que dão à luz hidrocéfalos. Não deixai de constatar no beberrão a ação de uma sede devoradora no dia seguinte e, às vezes, ao final de sua orgia. Essa sede, produzida evidentemente pelo emprego de sucos gástricos e dos elementos da salivação ocupados em seu centro, poderia servir para demonstrar a precisão de nossas conclusões.

III

Sobre o café

Sobre este assunto, Brillat-Savarin está longe de ser completo. Posso acrescentar alguma coisa ao que ele diz sobre o café, que uso de modo a poder observar-lhe os efeitos em grande escala. O café é um torrificador interno. Muitas pessoas atribuem ao café o poder de proporcionar espirituosidade, mas todos puderam verificar que os aborrecidos aborrecem bem mais após o terem consumido. Enfim, embora os merceeiros fiquem abertos em Paris até meia-noite, nem por isso alguns autores se tornam mais espirituosos.

Como muito bem observou Brillat-Savarin, o café põe o sangue em movimento, fazendo jorrar os espíritos motores; excitação que acelera a digestão, rechaça o sono e permite manter durante um tempo mais demorado o exercício das faculdades cerebrais.

Permito-me modificar esse artigo de Brillat-Savarin graças a experiências pessoais e às observações de alguns grandes espíritos.

O café age sobre o diafragma e sobre os plexos do estômago, donde alcança o cérebro por meio de irradiações inapreciáveis e que se furtam a toda análise; contudo, pode-se presumir que o fluido nervoso é o condutor da eletricidade liberada por essa substância, em nós encontrada ou colocada em ação. Seu poder não é constante ou absoluto. Rossini experimentou em si mesmo os efeitos que eu já observara em mim.

— O efeito do café — disse-me ele — dura de quinze a vinte dias, tempo suficiente para compor uma ópera.

O fato é verdadeiro. Mas o tempo durante o qual se usufrui das benesses do café pode se alargar. Essa ciência é de tal forma necessária a muitas pessoas que não posso deixar de descrever a maneira de se obter os frutos preciosos do consumo de café.

Todos vós, ilustres candelabros humanos, que vos consumis pela cabeça, aproximai-vos e escutai o evangelho da vigília e do trabalho intelectual!

1º O café triturado à maneira turca tem mais sabor que o café moído em um moinho.

Em numerosas coisas mecânicas relativas à exploração dos deleites, os orientais estão muito à frente dos europeus: seu gênio, observador à maneira dos sapos, que permanecem anos a fio em seus buracos mantendo seus olhos de ouro abertos sobre a natureza como dois sóis, revelou-lhes pelos fatos o que a ciência demonstrou pela análise. O princípio deletério do café é o tanino, substância maligna que os químicos ainda não estudaram suficientemente. Quando as membranas do estômago são *taninadas*, ou quando a ação do tanino particular do café as idiotizou pelo uso muito frequente, elas recusam-se às contrações violentas procuradas pelos trabalhadores. Daí as graves desordens se o amante de café continua a consumi-lo. Há um homem em Londres que, graças ao consumo imoderado de café, tornou-se encurvado como aqueles velhos gotosos e raquíticos. Conheci em Paris um gravurista que precisou de cinco anos para se curar do estado em que seu amor pelo café o colocara. Enfim, há pouco, um artista, Chenavard, morreu queimado: entrava em um café como um operário entra em um cabaré, isto é, a todo momento. Os amadores procedem como em todas as paixões: vão de degrau em degrau e, como com Nicolet, do mais poderoso ao mais poderoso, até chegarem ao excesso. Triturando o café, pulverizais as moléculas em formas bizarras que retêm o tanino e liberam apenas o aroma. Eis porque os italianos, os venezianos, os gregos e os turcos podem beber sem cessar aquilo que os franceses chamam *cafiot*, termo de desprezo. Voltaire bebia esse tipo de café.

Retende, pois, o seguinte. O café tem dois elementos: um, a matéria extrativa, que a água quente ou fria dissolve, e dissolve rapidamente, e que é o condutor do aroma; o outro, o tanino, resiste bem mais à água e não abandona o tecido aureolar senão de modo lento e dificultoso. Donde o axioma:

V

Deixar a água fervente em contato com o café, sobretudo por muito tempo, é uma heresia; prepará-lo com a bagaceira significa submeter seu estômago e seus órgãos ao curtimento.

2º Supondo o café tratado pela imortal cafeteira à De Belloy[4] e não do Belloy (aquele a cujas meditações devemos este método, era primo do cardeal e, como ele, da muito antiga e muito ilustre família dos marqueses de Belloy), o café tem maiores virtudes pela infusão a frio que por infusão de água fervente. Eis aí uma segunda maneira de graduar seus efeitos.

Ao moer o café, liberais a um só tempo o aroma e o tanino; excitais o gosto e estimulais os plexos que reagem sobre as mil cápsulas do cérebro.

Nesse sentido, eis dois graus: o café triturado à maneira turca e o café moído.

3º Da quantidade de café colocada no recipiente superior, da maior ou menor compressão e da maior ou menor quantidade de água, depende a força do café. Eis aí a terceira maneira de se prepará-lo.

Assim, durante um tempo mais ou menos prolongado, uma ou duas semanas no máximo, podeis obter a excitação com uma e, em seguida, duas xícaras de café triturado com abundância graduada, infuso em água fervente.

Durante uma outra semana, pela infusão a frio, pelo ato de comprimir o pó e pela diminuição da água, obtendes ainda a mesma dose de força cerebral.

Quando atingirdes a maior compressão e a menor quantidade de água possível, duplicareis a dose, tomando duas xícaras; alguns temperamentos vigorosos chegam a três. É possível agir assim durante mais alguns dias.

---

4. Balzac refere-se aqui a seu secretário chamado Auguste de Belloy.

Enfim, descobri um terrível e cruel método, que não aconselho senão aos homens de um vigor excessivo, de cabelos negros e duros, de pele tingida de ocre e cinabre, de mãos quadradas, pernas em forma de balaústres como os da praça Luís XV. Trata-se do emprego do café moído, frio e anidro (termo químico que significa pouca água ou água nenhuma), consumido em jejum. Essa espécie de café cai em vosso estômago que, como sabeis graças a Brillat-Savarin, é um saco aveludado no interior e forrado de sugadouros e papilas; se ali nada encontra, prende-se ao delicado e voluptuoso forro, torna-se uma espécie de alimento que lhe deseja os sucos, torce-os, solicita-os como uma pitonisa clama por seu deus, agride aquelas bonitas paredes como um charreteiro que brutaliza seus jovens cavalos; os plexos inflamam-se, queimam e fazem com que suas fagulhas cheguem até o cérebro. Tudo se agita a partir daí: as ideias levantam-se como os batalhões do grande exército no campo de uma guerra, e faz-se a batalha. As lembranças chegam a passo de carga, estandartes abertos; a cavalaria ligeira das comparações move-se em um magnífico galope; a artilharia da lógica acorre com seu trem de campanha e seus cartuchos; chistes são pronunciados em profusão; as figuras aprumam-se; o papel cobre-se de tinta, pois a vigília começa e termina por torrentes de água escura, como a batalha por sua pólvora negra. Aconselhei essa poção assim consumida a um de meus amigos, que desejava absolutamente concluir um trabalho prometido para o dia seguinte: ele julgou estar envenenado, voltou a deitar-se, permaneceu no leito como uma recém-casada. Era alto, loiro, cabelos escassos; um estômago como papel amassado, delicado. Houve de minha parte falta de observação.

Quando chegardes ao café tomado em jejum com as emulsões superlativas, e depois de o terdes esgotado, se resolverdes continuar, caireis em terríveis suores, em fraquezas nervosas, sonolências. Não sei o que acontecerá: a sábia natureza aconselhou-me a abstenção, visto que não estou condenado a uma morte imediata. Devemos então consumir preparações lácteas, seguir uma dieta à base de frango e carnes brancas; diminuir, enfim, a pressão e retornar à vida ociosa, viageira, tola e criptogâmica dos burgueses aposentados.

O café consumido em jejum, em condições magistrais, deixa-vos em um estado que produz uma espécie de vivacidade nervosa assemelhada àquela da ira: o verbo eleva-se, os gestos exprimem uma impaciência doentia; desejamos que tudo caminhe como trotam as ideias; tornamo-nos estouvados e irritados por uma ninharia; chegamos àquele temperamento volúvel de poeta tão censurado pelos merceeiros; emprestamos a outrem a lucidez da qual usufruímos. Um homem de espírito deve, então, procurar não se mostrar ou não deixar que as pessoas se aproximem. Descobri esse estado singular por meio de alguns acasos que me faziam perder sem qualquer esforço a exaltação que procurava. Alguns amigos, em cuja casa de campo eu estava, viam-me rabugento e briguento, de má fé nas discussões. No dia seguinte, reconhecia meus erros, e procuramo-lhes a causa. Meus amigos eram cientistas de primeira grandeza, e logo chegamos à conclusão: o café queria uma presa.

Essas minhas observações não só são verdadeiras e não sofrem outras modificações senão as resultantes das diferentes idiossincrasias, como estão em consonância com as experiências de vários práticos, entre os quais se encontra o ilustre Rossini, um dos homens que mais estudaram as leis do paladar, um herói digno de Brillat-Savarin.

OBSERVAÇÃO: O café produz no cérebro de algumas naturezas frágeis uma congestão sem perigo; em vez de se sentirem ativas, essas pessoas experimentam sonolência e dizem que o café as faz dormir. Essas pessoas podem ter pernas de cervo, estômagos de avestruz, mas são mal *aparelhadas* para os trabalhos do pensamento. Dois jovens viajantes, os senhores Combes e Tamisier, acharam os abissínios em geral impotentes. Os dois viajantes não hesitam em ver a causa dessa desgraça no abuso do café, que os abissínios consomem até o último grau. Se este livro for publicado na Inglaterra, rogar-se-á ao governo inglês que resolva essa grave questão usando o primeiro condenado que lhe cair nas mãos, desde que não seja nem uma mulher nem um ancião.

O chá contém igualmente tanino, mas seu tanino tem virtudes narcóticas, não se endereça ao cérebro. Age apenas sobre os plexos e sobre os intestinos, que absorvem mais especialmente e com maior rapidez as substâncias narcóticas. Até os dias de hoje, a maneira de prepará-lo é absoluta. Não sei até que ponto a quantidade de água que os consumidores de chá jogam em seus estômagos deve ser considerada no efeito obtido. Se a experiência inglesa é verdadeira, o resultado seria a sua moral, as misses com a tez pálida, as hipocrisias e as maledicências inglesas. Certo é que o chá não deixa de deteriorar as mulheres, tanto moral quanto físicamente. Lá onde elas bebem chá, o amor fica viciado em seu começo: elas são pálidas, doentias, tagarelas, aborrecidas, ralhadoras. Em algumas constituições robustas, o chá forte e consumido em grandes doses causa uma irritação responsável por tesouros de melancolia; ele ocasiona sonhos, menos poderosos é verdade que os do ópio, porque essa fantasmagoria se dá em uma atmosfera cinzenta e vaporosa. As ideias são doces, tanto quanto o são as mulheres loiras. Vosso estado não é o sono de chumbo que distingue as belas constituições cansadas, mas uma sonolência indizível que lembra os devaneios da manhã. O excesso de café, como o de chá, causa uma grande secura na pele, que se torna ardente. O café causa frequentes suores e dá uma sede violenta. Naqueles que chegam ao excesso, a salivação é espessa e é quase suprimida.

IV

Sobre o tabaco

Não sem razão deixei o tabaco para o final: a princípio, porque esse excesso é o último a vir; em seguida, porque triunfa sobre todos os outros.

A natureza impôs limites a nossos prazeres. Deus me livre de aqui censurar as virtudes militantes do amor, e de chocar honrosas susceptibilidades. Mas está perfeitamente atestado que Hércules deve sua celebridade a seu décimo segundo trabalho, em geral considerado fabuloso, hoje que as mulheres são muito mais incomodadas pela fumaça dos charutos que pelo fogo do amor. Quanto ao açúcar, a aversão aparece de pronto em todos os seres, mesmo nas crianças. Em relação aos licores fortes, o abuso dá-se com pouco mais de dois anos; o abuso de café, por sua vez, resulta em doenças que não permitem prosseguir seu consumo. Ao contrário, o homem crê poder fumar indefinidamente. Engano: Broussais[5], que fumava muito, tinha o vigor de um Hércules; ele devia, sem excesso de trabalho

5. O médico francês François-Joseph-Victor Broussais (1772-1838) baseava seu sistema fisiológico na irritabilidade dos tecidos.

e de charutos, ultrapassar os cem anos. Morreu há pouco, na flor da idade, relativamente à sua constituição ciclópica. Enfim, um dândi tabagista teve a garganta gangrenada e, como a ablação mostrou-se impossível, morreu.

É espantoso que Brillat-Savarin, ao intitular sua obra *Fisiologia do gosto*, e após ter tão bem demonstrado o papel que desempenham, em suas fruições, as fossas nasais e palatais, tenha esquecido o capítulo sobre o tabaco.

Hoje, o tabaco é consumido pela boca, depois de ter sido durante muito tempo aspirado pelo nariz: ele afeta os órgãos duplos maravilhosamente observados em nós por Brillat-Savarin: o palato, suas aderências e as fossas nasais. Na época em que o ilustre professor compôs sua obra, o tabaco não havia, é verdade, invadido a sociedade francesa em todas as suas partes como agora. Há um século, era mais consumido em pó que em fumaça, e atualmente o charuto infesta o estado social. Jamais se suspeitou das fruições que o estado de chaminé podia proporcionar.

O tabaco fumado, para começar, provoca vertigens sensíveis; causa na maioria dos neófitos uma salivação excessiva e, com frequência, náuseas que produzem vômitos. Apesar dos avisos da natureza irritada, o tabagista persiste, acostuma-se. Esse penoso aprendizado dura, por vezes, vários meses. O fumante acaba por vencer à maneira de Mitridates[6], e entra em um paraíso. De que outro nome chamar os efeitos do tabaco fumado? Entre o pão e o tabaco

6. Mitridates VII, dito o Grande, foi inimigo implacável dos romanos: com eles travou guerras quase ininterruptamente de 90 a 63 a.C.

para fumar, o pobre não hesita; o jovem sem um tostão que gasta suas botas sobre o asfalto dos bulevares, e cuja amante trabalha dia e noite, imita o pobre; o bandido da Córsega, que encontrais nos inacessíveis rochedos ou em uma praia passível de ser vigiada por seus olhos, oferece-se para matar vosso inimigo por uma libra de tabaco. Homens de grandes dimensões confessam que os charutos os consolam nas grandes adversidades. Entre uma mulher adorada e o charuto, um dândi não hesitaria em abandoná-la, não mais que um forçado a permanecer nas galés, se pudesse obter tabaco à vontade! Que poder então tem esse prazer pelo qual o rei dos reis teria pago com a metade de seu império, e que é, sobretudo, o prazer dos infelizes? Esse prazer, eu o negava, e a mim se devia o seguinte axioma:

VI

Fumar um charuto é fumar fogo.

Devo a George Sand a chave desse tesouro; mas admito tão somente o *houka* da Índia ou o *narguilé* da Pérsia. No que diz respeito a fruições materiais, os orientais são decididamente superiores a nós.

O *houka*, à semelhança do *narguilé*, é um aparelho bastante elegante; oferece aos olhos formas inquietantes e bizarras que conferem uma espécie de superioridade aristocrática a quem dele se serve diante dos olhos de um burguês espantado. É um reservatório, bojudo como um vaso japonês, que sustenta uma espécie de godê em terracota no qual se queima o tabaco, o patchuli, as substâncias cuja fumaça aspirais, pois é possível fumar diversos produtos botânicos, cada um mais divertido que o outro. A fumaça passa por longos canos em couro, de diversas medidas, guarnecidos de seda, de fio de prata, e cujo bico mergulha, acima, no vaso da água perfumada que ele contém, e na qual umedece o cano que sai da chaminé superior. Vossa aspiração puxa a fumaça, que é obrigada a atravessar a água para chegar-vos em razão do horror que o vazio causa à natureza. Ao passar por essa água, a fumaça ali se desfaz de seu empireuma, ali se refresca, ali se perfuma sem perder as qualidades essenciais produzidas pela carbonização da planta; ela sutiliza-se nas espirais do couro e chega, pura e perfumada, a vosso palato. Espalha-se por vossas papilas, satura-as e sobe ao cérebro, como preces melodiosas e embalsamadas endereçadas à Divindade. Estais deitado sobre um divã, ocupado em nada fazer, pensais sem cansaço, embriagais-vos sem beber, sem fastio, sem as ânsias xaroposas do vinho de Champagne, sem as fadigas nervosas do café. Vosso cérebro adquire novas faculdades, não mais sentis a parte superior do crânio, óssea e pesada; voais com desenvoltura no mundo da fantasia, agarrais vossos borboleteantes delírios, como uma criança munida de uma rede que corria atrás de libélulas em um prado divino, e os vedes sob sua forma ideal, o que vos dispõe à realização. As mais belas esperanças passam e repassam, não mais em ilusões; elas adquiriram um corpo e saltam como tantas Taglioni, com que graça! Vós o sabeis, fumantes! Esse espetáculo embeleza a natureza, todas as dificuldades da vida desaparecem, a vida é leve, a inteligência, clara, azula-se a cinzenta atmosfera do pensamento. Mas, efeito bizarro, a cortina dessa ópera baixa-se quando o *houka*, o charuto ou o cachimbo são apagados. Essa excessiva fruição, a que preço a tereis conquistado? Vejamos. Este exame aplica-se igualmente aos efeitos passageiros produzidos pela aguardente e pelo café.

O fumante suprimiu a salivação. Se não a suprimiu, mudou-lhe as condições, convertendo-a em uma espécie de excreção mais espessa. Enfim, se ele não opera espécie alguma de esputação, obstruiu os vasos, entupiu ou aniquilou os sugadouros, os escoadouros, papilas engenhosas cujo admirável mecanismo está no domínio do microscópio de Raspail[7]; desses escoadouros aguardo ainda a descrição, que me parece de uma urgente utilidade. Permaneçamos neste terreno.

O movimento das diferentes mucosidades, maravilhosa polpa situada entre o sangue e os nervos, é uma das circulações humanas compostas com mais habilidade pelo grande artífice de relógios, a quem devemos aquela engenhosa brincadeira chamada humanidade. A meio caminho entre o sangue e a quinta-essência de seu produto, sobre o qual repousa o futuro do gênero humano, essas mucosidades são tão fundamentais à harmonia interna de nossa máquina que, nas emoções violentas, passa-se em nós um apelo também violento para sustentar seu choque em algum centro desconhecido. Enfim, a vida tem tanta sede delas que todos os que se viram acometidos por grandes iras podem se lembrar da secura repentina de sua

7. François Raspail (1794-1878) foi político, além de químico, havendo participado das revoluções de 1830 e 1848.

garganta, do espessamento de sua saliva e da lentidão com a qual ela volta a seu estado normal. Esse fato espantara-me tão violentamente que desejei verificá-lo na esfera das mais terríveis emoções. Negociei, durante muito tempo, o favor de jantar com pessoas que razões públicas afastam da sociedade: o chefe da polícia de segurança e o carrasco do paço real de Paris, ambos cidadãos, eleitores e passíveis de usufruir dos direitos civis como todos os outros franceses. O célebre chefe da polícia de segurança deu-me por fato sem exceção que todos os criminosos que prendera levaram de uma a quatro semanas para reencontrar a faculdade de salivar, sendo os assassinos os que mais tardavam a recuperá-la. O carrasco jamais viu um homem cuspir ao caminhar para o suplício, nem mesmo no instante em que lhe fazia a toalete.

Que nos seja permitido relatar um fato que soubemos do próprio comandante de um navio em que se deu a experiência, e que corrobora nossa argumentação.

Na fragata do rei, em pleno mar, antes da revolução, um roubo foi cometido. O culpado estava necessariamente a bordo. Apesar das mais severas buscas e do hábito de observar os mínimos detalhes da vida em comum experimentada em um navio, nem os oficiais, nem os marujos puderam descobrir o autor do roubo. Esse fato tornou-se a ocupação de toda a equipagem. Quando o capitão e seu estado-maior desistiam de fazer justiça, o contramestre disse ao comandante:

— Encontrarei o ladrão amanhã pela manhã.

Grande espanto.

No dia seguinte, o contramestre enfileirou a equipagem no castelo, anunciando que procuraria o culpado. Ordenou a cada homem que estendesse a mão e a cada um distribuiu uma pequena quantidade de farinha. Passou em revista, ordenando que cada um fizesse uma bolinha com a farinha, misturando-a com saliva. Houve um homem que não pôde fazer sua bolinha por falta de saliva.

— Eis o culpado — disse ele ao capitão.

O contramestre não se enganara.

Essas observações e esses fatos indicam o preço que a natureza atribui à mucosidade tomada em seu conjunto, que derrama seu excesso nos órgãos do paladar, e que constitui essencialmente os sucos gástricos, esses hábeis químicos, o desespero de nossos laboratórios. A medicina dir-vos-á que as mais graves doenças, as mais longas, as mais brutais no princípio, são as produzidas pelas inflamações das membranas mucosas. Enfim, a coriza, ordinariamente chamada gripe de cérebro, aniquila durante alguns dias as mais preciosas faculdades, e trata-se tão somente de uma ligeira irritação das mucosas nasais e cerebrais.

Seja como for, o fumante perturba essa circulação ao suprimir seu escoadouro, ao extinguir a ação das papilas, ou ao fazê-las absorver sucos obturadores. Assim, durante todo o tempo de duração do trabalho, o fumante está quase idiotizado. Os povos fumantes, como os holandeses, os primeiros a terem fumado na Europa, são em essência apáticos e indolentes; a Holanda não possui excedente algum de população. A alimentação ictiofágica a que se dedicou, o ato de salgar, e um certo vinho da Touraine bastante alcoolizado, o vinho de Vouvray, combatem um pouco as influências do tabaco. Mas a Holanda sempre pertencerá a quem desejar conquistá-la, ela não existe senão pelos ciúmes de outros gabinetes, que a impediriam de se tornar francesa. Enfim, o tabaco, fumado ou mascado, tem efeitos locais dignos de nota. O esmalte dos dentes se corrói, as gengivas se entumecem e secretam um pus que se mistura aos alimentos e altera a saliva.

Os turcos, que fazem um uso imoderado do tabaco, mesmo ao enfraquecê-lo por lavagens, cansam-se com rapidez. Como há poucos turcos ricos para possuírem aqueles célebres haréns, onde poderiam abusar de sua juventude, devemos admitir que o tabaco, o ópio e o café, três agentes de excitação semelhantes, são as causas capitais da cessação de suas faculdades generativas; na Turquia, um homem de trinta anos equivale a um europeu de cinquenta. A questão do clima pouco tem a ver: as latitudes comparadas oferecem uma tênue diferença. Ora, a faculdade de gerar é o *criterium* da vitalidade, e essa faculdade está intimamente ligada ao estado da mucosidade.

A respeito dessa relação, conheço o segredo de uma experiência, que publico no interesse da ciência e do país. Uma mulher bastante amável, que amava seu marido apenas quando este estava longe dela, caso demasiado raro e sempre notado, não sabia como afastá-lo sob o império dos códigos. Esse marido era um antigo marinheiro que fumava como um piróscafo. Ela observou os movimentos do amor e obteve a prova de que, nos dias em que seu marido consumia um menor número de charutos, por circunstâncias quaisquer, ele mostrava-se, como dizem os pudicos, mais diligente. Ela continuou suas observações e encontrou uma correlação positiva entre os silêncios do amor e o consumo do tabaco. Cinquenta charutos ou cigarros (ele chegava a esse ponto) fumados causavam-lhe uma tranquilidade bastante desejada, tanto mais porque o marinheiro pertencia à raça perdida dos cavaleiros do Antigo Regime. Encantada com sua descoberta, permitiu-lhe mascar, hábito que abandonara em respeito a ela. Ao final de três anos de consumo de tabaco mascado, cachimbos, charutos e cigarros combinados, ela se tornou uma das mulheres mais felizes do reino. Tinha um marido sem o casamento. "O ato de mascar nos revela a razão de nossos homens", dizia-me um capitão de navio, notável por seu senso de observação.

Conclusão

O fisco fará sem dúvida contradizer essas observações sobre os excitantes que taxou. Mas elas têm fundamento, e ouso adiantar que o cachimbo é bastante responsável pela tranquilidade da Alemanha: ele em muito depaupera o homem de certa porção de sua energia. O fisco é por natureza estúpido e antissocial; precipitaria uma nação nos abismos do cretinismo, só para se dar o prazer de fazer passar as moedas de uma mão à outra, à semelhança dos prestidigitadores indianos.

Em nossos dias, há em todas as classes um pendor para a embriaguez, que os moralistas e os homens de Estado devem combater. Pois a embriaguez, seja qual for a forma de sua manifestação, é a negação do movimento social. A aguardente e o tabaco ameaçam a sociedade moderna. Quando se viu em Londres os palácios do gim ficou possível conceber as sociedades de temperança.

Brillat-Savarin, um dos primeiros a notar a influência do que entra pela boca sobre os destinos humanos, deveria ter insistido na utilidade de elevar sua estatística ao registro que lhe é devido, tornando-a a base sobre a qual operariam grandes espíritos. A estatística deve ser o orçamento das coisas, ela esclareceria as graves questões advindas dos excessos modernos em relação ao futuro das nações.

O vinho, excitante das classes inferiores, tem em seu álcool um princípio prejudicial. Mas, ao menos, ele requer um tempo indefinível, com relação às constituições, para levar o homem àquelas combustões instantâneas, fenômenos extremamente raros.

Quanto ao açúcar, a França dele se privou durante um longo tempo. E sei que as doenças do peito que, em razão de sua frequência na parte da geração nascida de 1800 a 1815, surpreenderam os especialistas em estatística da medicina, podem ser atribuídas a essa privação, assim como o excessivo consumo pode levar a doenças da pele.

É verdade que o álcool, que está na base do vinho e dos licores, excessivamente consumidos pela maioria dos franceses, que o café, em muito responsável pelas excitações dos nobres, que o açúcar, que contém substâncias fosforescentes e flogísticas, e hoje é consumido sem moderação, devem mudar as condições generativas, sabendo-se contudo que agora, devido à nova aquisição da ciência, a dieta ictiofágica influi sobre os produtos da geração.

O fisco talvez seja mais imoral que o jogo, mais depravador, mais antissocial. A aguardente talvez seja uma fabricação funesta e sua venda deveria ser vigiada. Os povos são como crianças, a política deveria, pois, ser como suas mães. A alimentação pública, tomada em seu conjunto, é uma parte imensa, e a mais negligenciada, da política. Ouso mesmo dizer que ela está na infância.

Todos estes cinco tipos de excesso oferecem uma semelhança nos resultados: a sede, o suor, a diminuição da mucosidade e a consequente perda das faculdades generativas. Que este axioma seja então acrescido à ciência do homem:

VII

Todo excesso que afeta as mucosas abrevia a vida.

O homem tem apenas uma soma de força vital. Ela reparte-se igualmente entre a circulação sanguínea, mucosa e nervosa. Absorver uma em detrimento das outras é provocar um terço de morte. Enfim, para tudo resumir em uma imagem axiomática:

VIII

Quando a França envia seus quinhentos mil homens aos Pirineus, ela não os tem no Reno. Assim é em relação ao homem.

POSFÁCIO

Cenas e tipos do século XIX

Leila de Aguiar Costa

No preâmbulo ao seu *Tratado dos excitantes modernos*, Balzac, observador e analista da modernidade, afirma que desde 1820 objetivava conceber um projeto que desse a conhecer, e de modo aprofundado, a vida social francesa oitocentista. Estavam assim em canteiro de obras os *Estudos analíticos*, que viriam completar o edifício da *Comédia Humana*, do qual fazem igualmente parte os *Estudos de costumes* e os *Estudos filosóficos*. Ainda de acordo com esse preâmbulo, dos *Estudos analíticos* fariam parte quatro obras: *Analyse des corps enseignants*, *Physiologie du mariage*, *Pathologie de la vie sociale* e *Monographie de la vertu*. Destas, apenas a segunda foi composta e a ela se decidiu incorporar, em 1839, justamente sob a denominação de patologia, textos que haviam sido anteriormente publicados em revistas: o *Tratado da vida elegante* e a *Teoria do mover-se*. O *Tratado dos excitantes modernos* também seria acrescentado ao projeto, do qual, entretanto, estavam ausentes a *Fisiologia do vestuário* e a *Fisiologia gastronômica*.

Qual o objetivo efetivo da *Patologia da vida social*? Balzac é bastante esclarecedor a este respeito. Ainda no preâmbulo do *Tratado dos excitantes modernos*, ele esclarece que se trata de uma "Antropologia completa", pois que ali buscará descrever o homem em todas as suas nuanças:

> [o homem] forma um ser à parte com seu caráter mais ou menos original; ele se casou, sua dupla vida se manifesta, obedece a todas as fantasias que a sociedade nele desenvolveu, a todas as leis que ela carregou sem câmaras e sem reis, sem oposição e sem ministerialismo, e que são bem seguidas: veste-se, mora, fala, anda, come, monta a cavalo ou sobe em um carro, fuma, se embriaga e se desembriaga, age segundo regras dadas e invariáveis, apesar das diferenças pouco sensíveis da moda, que aumenta ou simplifica as coisas, mas que raramente as suprime. Não se trata, pois, de obra da mais alta importância, esta de codificar as leis dessa existência exterior, de buscar sua expressão filosófica, de constatar suas desordens?

A *Patologia da vida social* tem, pois, a tarefa de desnudar o homem, deixando-o tal qual a sociedade o constitui; ela assim revelará suas necessidades, seus gostos, suas feridas, suas doenças. E por quê, justamente, o termo "patologia"? O *Dicionário da Academia Francesa*, em sua edição do século XIX, o define da seguinte maneira: "PATOLOGIA. Parte da medicina que trata da natureza, das causas e dos sintomas das doenças". Ora, as teorias e os tratados que integrarão a *Patologia* entendem as "vaidades sociais", que afligem o homem ou o tornam feliz, exatamente como elementos doentios a serem revelados por um olhar que se quer objetivo e, por isso mesmo, científico. Não se trata mais de psicologia, mas sim de patologia, e, igualmente, de fisiologia, esta que se apresentava como ciência do homem total. Patologia ou fisiologia, o que interessa é o fato de uma e outra permitirem, ao menos é nisso que parece crer Balzac, explicar a realidade humana, e, ao mesmo tempo, fundar novas regras de vida.

Antes, pois, do grande acontecimento editorial e literário de meados do século XIX que é a *Comédia Humana* (1842-1848), exuberante afresco que pretende pintar a sociedade francesa e, por isso mesmo, dar a conhecer seus costumes — e a história "esquecida por tantos historiadores" —, Balzac já se mostra inquieto com os modos de constituição do homem moderno. Com efeito, os textos aqui reunidos como *Tratados da vida moderna* são já claro exemplo daquele Balzac que observa, para em seguida registrar e pintar os movimentos da vida francesa do século XIX como efetivamente são. Assim, entre 1830 e 1831, *La Silhouette - Journal des caricatures, Beaux-Arts, dessins, coutumes, théâtre* publica dois breves textos do autor, intitulados *Fisiologia do vestuário* e *Fisiologia gastronômica.* Em 1833, aparecem em outros dois jornais, *La Mode* e *L´Europe Littéraire*, o *Tratado de vida elegante* e a *Teoria do mover-se.* Alguns anos mais tarde, em 1839, Balzac oferece ao público o *Tratado dos excitantes modernos* — composto originariamente para servir de apêndice ao livro *Fisiologia do gosto,* do gastrônomo Brillat-Savarin, cuja celebridade adveio precisamente deste livro que Hoffmann considera "divino" e que, para Roland Barthes, representa propriamente o humano.

A *Fisiologia do vestuário* e a *Fisiologia gastronômica*, textos considerados por alguns historiadores da literatura francesa como "satélites de segunda ordem", e não integrados à *Patologia da vida social*, expõem, mesmo em sua brevidade, a preocupação de Balzac em propor uma espécie de classificação do humano para, a partir daí, descobrir sua constituição. Em *Balzac et le mal du siècle*, Pierre Barbéris afirma que proceder por classificação confirma a "tendência científica e quantitativa da literatura descritiva que mostra o homem não como consciência autônoma e livre, mas, antes, como produto, um ser feito de mecanismos e de situações".[1] O leitor não deve, pois, se surpreender com esses dois textos que se propõem a descrever o homem em função de sua relação com os modos de enfrentar a alimentação e o vestuário.

Na *Fisiologia do vestuário*, a gravata e os trajes com ou sem forro são os protagonistas. Graças a estas peças é possível definir o homem. É como diz o autor:

> ... a gravata é o homem, é através dela que o homem se revela e se manifesta.
>
> Por isso, todos os espíritos que refletem dão como certo hoje em dia que pela gravata se pode julgar aquele que a usa, e que, para conhecer um homem, basta olhar esta parte que nele une a cabeça ao tronco.

O homem é a gravata que usa... Assim, aquele que traja uma "gravata engomada, inflexível, arrumada com esmero,

1. Paris: Gallimard,1970, vol. I, p. 1323.

sem uma dobra sequer; com nó simples, quadrado, simétrico [...] é exato, seco, egoísta"; aquele com "gravata de musselina clara, sem goma, ondulante, com uma roseta entufada e pretensiosa" não passa de um "falador elegante, prolixo, insípido"; o outro cuja gravata é "de cambraia, nem demasiado alta, nem demasiado baixa, suficientemente frouxa para permitir ao pescoço e à cabeça toda a liberdade de seus movimentos, com um nó gracioso, mas ingênuo e simples" nada poderia ser senão um "poeta elegíaco". A cada modelo de gravata corresponde, por conseguinte, uma espécie de homem.

O mesmo se dará com as diversas modalidades de paletó, que fazem do homem um ser mais ou menos gracioso, mais ou menos rígido: paletós "com gola e reverso forrados, tecido por fora, papelão por dentro"; paletós macios e flexíveis, paletós abertos ou fechados sobre o peito. Ora, a inquietação de Balzac com o tipo de paletó mais comum na França do século XIX, o paletó com forro — contrariamente à Inglaterra, "clássica nação dos paletós macios e sem enchimento" —, não se atém meramente ao registro da moda. Por detrás do tom zombeteiro que percorre a *Fisiologia do vestuário*, insinua-se o viés antropológico que é marca distintiva dos *Tratados da vida moderna*; o escritor diz, aliás, que é preciso descobrir a "verdadeira causa, a razão filosófica" para o uso, na França, dos paletós forrados. Se a finalidade de textos como esse é a de revelar a todos os mecanismos que compõem o humano e, por conseguinte, tudo o que lhe diz respeito, o leitor não se surpreenderá com a afirmação de Balzac: para ele, a moda dos forros de paletó é como a metáfora — que Balzac diz ser uma "analogia" — do mundo circundante, isto é, por todos os lados, nos "costumes, nas letras e nas artes", imperam a rigidez, a rudeza, o constrangimento, o tédio, a falta de imaginação e de leveza. E se tal fisiologia tem como objetivo propor uma espécie de higiene do vestuário, pedir pelo fim do paletó com forro, que não empreende ao seu usuário senão um "ar rijo, içado e pesado", isso significa clamar por uma reforma mais geral, que confira não apenas à moda, mas também à moral, à política, à filosofia, à literatura, ao teatro, à pintura, à dança, ares de maior graça e maior desenvoltura. Maior liberdade, enfim.

A mesma tendência à classificação é encontrada na *Fisiologia gastronômica*, que entende a relação do homem com a alimentação em função de suas "qualidades físicas e morais" — uma vez mais, Balzac procura demonstrar que o que parece um fenômeno isolado, o "comer", insere-se, pelo contrário, em um intricado conjunto. As poucas páginas da *Fisiologia gastronômica* se dedicam, então, a descrever o tipo do "glutão" e do "comilão". E o autor se mostra bastante severo na descrição e na análise que propõe de um e outro. Eis, assim, que define o glutão como o "ser menos estimável da gastronomia", ser que parece destinado unicamente a cumprir uma função fisiológica, o comer, o comer ainda uma vez, o comer sempre; é por isso que este tipo, movido pela "imperiosa necessidade dos sentidos", que se senta à mesa unicamente para devorar tudo o que é posto diante de si, e nem mesmo lança um olhar "à bela vizinha" sentada a seu lado, "é muito mais que um animal, é muito menos que um homem".

À semelhança do glutão, o comilão também apresenta poucas qualidades. Entretanto, é menos desprezível — talvez por isso Balzac seja mais econômico em sua descrição —, pois que, de repente, pode deixar de se locar nas fileiras daqueles que cedem apenas ao "apetite dos instintos", fato que o assemelharia ao glutão, para sucumbir ao "apetite da imaginação", e aí, numa transmutação positiva, ele se tornaria um *gourmand*, embora de "mérito medíocre".

Mesmo que texto menor na vasta produção do autor, a *Fisiologia gastronômica* já antecipa aquela que seria uma das marcas mais características do romanesco balzaquiano: a caracterização bastante precisa, graças à figura retórica da descrição, dos tipos humanos. Se é verdade, como afirma Balzac nessa fisiologia, que ao se pôr à mesa ele sempre observa, o resultado de suas observações são descrições como a do glutão, visto como um sujeito de porte avantajado, vigoroso, cujo "grande ventre avança para frente"; seu nariz é "grosso", "as narinas abertas, os olhos pequenos, baços, inchados e repletos de água". Seu traço mais característico: "a boca fendida até as orelhas", dela nada sai, "tudo ali entra". Talvez por isso ele seja desprovido de "inteligência" e de "espírito"... O comilão, por sua vez, porta-se à mesa de maneira diversa à do glutão: não se mostra tão voraz diante de pratos que são de seu gosto — teme, justamente, ser comparado ao glutão —, é conversador, por vezes mesmo divertido; além disso, é "alto e magro". Seja como for, comilão ou glutão, o que importa à *Fisiologia gastronômica* — elemento que infletirá, aliás, sobre toda a *Comédia humana* — é o fato de a observação dos tipos humanos permitir ao analista inferir leis de fenômenos de toda espécie, determinantes para a compreensão do humano e, por isso mesmo, do social.

Não é difícil reconhecer no *Tratado da vida elegante* aquela tendência à classificação que já caracterizara as fisiologias balzaquianas. Nesse texto mais longo, de maior fôlego, Balzac parece proceder à maneira da literatura cientificista do século XIX que propõe uma definição do humano segundo sua inclusão em categorias — a frase inicial, "A civilização classificou os homens em três grandes classes", como que aponta para uma verdade insofismável. Assim, já nos prolegômenos, o leitor é advertido de que o tratado procurará dar conta de três classes de homens, a saber, "o homem que trabalha, o homem que pensa, o homem que nada faz". A cada um deles corresponde, como era de se esperar, um *modus vivendi* diverso, "a vida ocupada, a vida de artista, a vida elegante". Mas ao lado do viés científico do tratado, por vezes mesmo didático, ecoa o humor e a ironia balzaquianos, que fazem do *Tratado da vida elegante* uma espécie de laboratório do que o leitor descobrirá alguns anos mais tarde em *A Comédia Humana.*

Com efeito, como patologista da vida social, Balzac se serve do tema da moda, a ela atribuindo alguns princípios e algumas leis, para apresentar seu balanço da vida moderna. E este balanço não é dos mais otimistas. À leitura daqueles mesmos prolegômenos, parece evidente a constatação de que a sociedade ainda é, apesar das revoluções de 1789 e 1830, extremamente estratificada. Não por acaso, uma passagem do segundo capítulo do *Tratado* enuncia a triste interrogação: "não temos, em troca de uma feudalidade risível e decadente, a tripla aristocracia do dinheiro, do poder e do talento?". Como afirma apropriadamente Pierre Barbéris, no texto já citado, "as revoluções não mudam a natureza das relações entre os homens: elas não fazem senão mudar as classes dirigentes".[2]

Uma das provas dessa imobilidade social é, precisamente, a vida elegante: todos, ricos ou pobres, burgueses ou não burgueses, aristocratas ou não aristocratas, estão apenas preocupados em se distinguir do Outro e, mais ainda, em se afastarem do Comum — "ninguém deseja ser comum", afirma Balzac a certa altura do *Tratado*. Ora, o meio de se tornar diferente é, justamente, a vida elegante, por mais que esta seja uma aspiração comum e indistinta e que não contribua para o fim das estratificações. Entretanto, nem todos estão preparados para a elegância; é preciso ter o "sentimento da vida elegante". Eis porque se convencionou dizer que a pedra de toque do *Tratado da vida elegante* é a frase emprestada de Virgílio *mens agitat molens*, isto é, o espírito move a matéria. Para ser elegante, é preciso, pois, ter espírito, e, por conseguinte, ser indivíduo dotado de reflexão, de inteligência. E o tratado que reúne os preceitos incontornáveis da vida elegante — e não surpreende que Balzac recorra aos aforismos, 46 ao total, para defini-la — torna-se, assim, uma "*estética* da vida elegante" e, mais ainda, uma "*metafísica* das coisas", como pretende seu autor, a um

2. Ibidem, vol. II, p.1326.

só tempo filósofo e esteta. Nesse sentido, o *Tratado da vida elegante* atribui seriedade à elegância, à moda, elevando-a à condição de "expressão da sociedade", de espelho dos costumes. Graças a ela é possível conhecer todos os tipos que deambulam pelo social: o burocrata, por exemplo, é facilmente reconhecido "pelo desbotamento das mangas, pela larga listra horizontal impressa nas costas pela cadeira"; o "homem de negócios pelo exagero de sua pasta; o *flâneur*, pelo deslocamento das algibeiras, onde frequentemente coloca as mãos; o lojista, pela extraordinária abertura dos bolsos, sempre bem fendidos". Tudo é assim revelado pelo vestuário. É por isso que as páginas finais do *Tratado da vida elegante* se dedicam a declinar os seus princípios, emoldurados por um axioma básico e fundamental, definidor em última instância da vida elegante: "o vestuário é a um tempo uma ciência, uma arte, um hábito, um sentimento."

O *Tratado da vida elegante* previa, em seu projeto inicial, um capítulo sobre o mover-se que acaba por aparecer como texto independente em 1833, na revista *L' Europe Littéraire*, sob o título *Teoria do mover-se*. As pretensões de Balzac são, aqui, bastante sérias: o mover-se, comandado pelo movimento, tem uma linguagem toda particular; é graças a ela que se poderão revelar condições e caracteres do humano, e mesmo sua conformação intelectual. Não seria impróprio, então, afirmar, que com a *Teoria do mover-se*, o escritor propõe uma escritura do corpo em movimento, tanto mais porque seu texto se preocupa em lançar os princípios que o comandam. Na origem do mover-se, pois, está o movimento. É como ele mesmo afirma a certa altura do texto:

> Resolvi constatar simplesmente os efeitos produzidos fora do homem por seus movimentos, não importasse qual fosse sua natureza; resolvi anotá-los, classificá-los. Uma vez terminada a análise, procurei as leis do belo ideal no que diz respeito ao movimento e sobre ele redigi um código para as pessoas interessadas em dar uma boa ideia delas próprias, de seus costumes, de seus hábitos: o mover-se era, segundo eu, o prólogo exato do pensamento e da vida.

Na *Teoria do mover-se*, à maneira do que se dera nas *Fisiologias* e no *Tratado da vida elegante*, impõe-se o que alguns historiadores da literatura francesa consideram como vetor profundo do texto balzaquiano: aquele de desnudar, de denunciar, de pôr abaixo as aparências; vetor, por conseguinte, de desmistificação. O instrumento para tudo isso? A observação, e a observação do cotidiano — e é no cotidiano que estão os "mais hábeis observadores". Eis então que Balzac senta-se em uma cadeira de um dos muitos bulevares de Paris e ali se põe a "estudar o mover-se de todos os parisienses" — cerca de "254 pessoas e meia (pois um senhor sem pernas vale uma fração)" — para, em seguida, propor aforismos e axiomas, em mais um esforço balzaquiano de análise, de classificação, de codificação. Sua descoberta mais relevante seria aquela de que todo movimento tem uma eloquência particular, "uma expressão que lhe é própria e que vem da alma", e a de que a partir dele seria possível descobrir todos os vícios e todos os ridículos da sociedade. Isso porque, segundo Balzac, qualquer desequilíbrio, qualquer desarmonia em relação ao natural — pois que a natureza foi engenhosa na constituição do movimento, da mobilidade humana — não produz senão desvios e até mesmo feiura. Observador do movimento dos transeuntes que passam diante de si à maneira de uma procissão, a seu olhar impiedoso nada escapa. Vemos assim, com ele, dentre vários indivíduos, um "senhor gordo" que não parece mais se mover, mas sim ser empurrado por seu imenso ventre, "que rompeu o equilíbrio entre as partes do corpo", como se sucumbisse a seu peso. Atrás dele, surge um homem que parece se mover apenas graças ao impulso dado por seu tórax, movimentando-se como uma "perdiz". Em seguida, uma "jovem senhorita" que mais saltita que se move, parecendo uma galinha de asas cortadas; todo o movimento de seu corpo parece obedecer àquele de seus rins, o que confere certa indecência a seu caminhar. Desfilam, ainda, diante dos olhos do observador, damas que se arqueiam em demasia quando se movem — e há saborosos parágrafos na *Teoria do mover-se* sobre os "movimentos de saia" —, damas que sobem e descem suas ancas acentuadas, senhoritas que caminham movidas por "pequenos sobressaltos", homens de negócios que caminham com muita pressa — e que excitam, como era de se esperar, o desprezo do observador —; indivíduos que caminham cabisbaixos, outros que se colocam "sempre em pose de 3/4", e tantos outros tipos que mais tarde reaparecerão com as vestes do ficcional na *Comédia Humana*. Pairando sobre todos eles, a exclamação de Balzac "Pobre homem do século XIX!", cuja natureza é maculada pelo caráter e cujos movimentos originais são desvirtuados pelos hábitos e pelos costumes. Todos parecem ter-se tornado tão somente marionetes; em todos os seus movimentos, no conjunto de seu mover-se, reconhece-se apenas a mecanização do ser, a desumanização do sujeito.

Publicado em 1839, o *Tratado dos excitantes modernos* vem concluir a série de breves textos que Balzac dedica ao homem "real", modelo quiçá de toda a galeria de personagens que povoarão a cena romanesca de *A Comédia Humana*. Nele, reconhece-se a mesma inquietação com os desvios em que se perde o homem, enredado que está nas malhas da sociedade — mesmo que essa seja sua única saída, como insinua a frase final da *Teoria do mover-se*: "Retirai o homem da sociedade, vós o isolareis". Neste tratado, o olhar crítico de Balzac se detém sobre cinco substâncias que têm o poder de envenenar, moral e fisicamente, o homem, esvaziando-o de toda energia vital. A aguardente, o açúcar, o chá, o café e o tabaco devem então ser analisados como elementos que influenciam de maneira direta o destino do homem.

É verdade que, em seu preâmbulo, Balzac não parece conferir a seu tratado grande importância: considera-o simplesmente, vimos, como "apêndice" — ou como "sobremesa" — locado ao final do livro de Brillat-Savarin. O sucesso junto ao público deste "livro amado" talvez se explique pelo fato de ser um dos primeiros a tratar de questões que até aquele momento não haviam suscitado estudos sistemáticos. De maneira científica, ou quase, Brillat-Savarin discorre sobre o aspecto físico das operações gustativas e gastronômicas. Como nos informa Pierre Barbéris em seu já citado *Balzac et le mal du siècle*, a digestão, a obesidade, o apetite são ali descritos por um conhecedor que sabe que os homens "não são puro espírito, mas máquinas cuidadosamente organizadas". Nesse sentido, sua fisiologia pretende explicar de modo sistemático — buscando quiçá a instauração de um sistema — como funciona o humano, objetivando mesmo apontar para questões de higiene alimentar.

Apêndice ou sobremesa, é certo que o *Tratado dos excitantes modernos* recupera indiretamente alguns dos procedimentos aprendidos com Brillat-Savarin e com a literatura dos fisiologistas: aforismos, axiomas, referências eruditas às ciências, etc. — à semelhança, como se disse, dos outros textos aqui reunidos. O objetivo é conferir ao texto ares de seriedade e de verdade irrefutáveis, que recusem qualquer discussão. A emoldurar o tratado, um axioma-chave: "todo excesso que atinja as mucosas abrevia a vida". Ora, é precisamente aos excessos que envolvem a vida moderna, advindos da "absorção de cinco substâncias", que se dedica Balzac. À maneira de um pensador que detém um saber e de um observador que se põe a escutar e a ver o cotidiano, ele propõe uma variedade de axiomas capazes de considerar os excessos que consomem a energia vital do homem.

Após apresentar a questão no capítulo I, que expõe a relação entre excesso e prazer — "Todo excesso baseia-se em um prazer que o homem deseja repetir para além das leis comuns promulgadas pela natureza" —, Balzac, no capítulo II, dedica-se a descrever uma experiência de embriaguez. Curioso segundo capítulo: embora se intitule "Sobre a aguardente", ele somente chega a conclusões sobre os efeitos do consumo excessivo do álcool após o consumo excessivo do tabaco! Desafiado por um amigo a consumir 17 garrafas de vinho, é somente após fumar dois charutos que algo lhe sobe à cabeça, e que o mundo se decompõe em imagens e ilusões — que, aqui, se apresentam sob a forma de plumas e de rendas, "Sempre plumas! E sempre rendas! Até mesmo na loja de doces". Advinda de um consumo excessivo de aguardente ou de álcool, ou de tabaco, o que importa é que a embriaguez "lança um véu sobre a vida real, desfaz o conhecimento das dores e das tristezas, descarta o fardo do pensamento". "Envenenamento momentâneo", a embriaguez é, também, e paradoxalmente, fonte de prazeres extravagantes, de "êxtase indescritível". Para Balzac, que se põe a percorrer os corredores do teatro dos Bouffon após ter fumado dois charutos — excesso para ele, pois que jamais fumara —, a experiência resulta em uma das noites mais poéticas de sua vida, e em parágrafos bastante paradigmáticos da descrição balzaquiana, como por exemplo este, dedicado, sob o jugo da embriaguez, às impressões colhidas sobre a Paris noturna: ele nos conta sobre

> as delícias de que se usufrui ao atravessar Paris às onze e meia da noite, carregado com rapidez em meio aos lampiões, vendo passar miríades de lojas, de luzes, de tabuletas, de figuras, de grupos, de mulheres sob guarda-chuvas, ângulos de ruas fantasticamente iluminados, praças sombrias;

> observando, através das listras da forte chuva, mil coisas que falsamente pensamos ter apercebido em algum lugar, em pleno dia.

Se Balzac enfrenta a aguardente de modo lateral, o café e seus efeitos são analisados com minúcia, quiçá em virtude de um uso pessoal e frequente que revela os "frutos precisos do consumo" dessa substância. O capítulo parece escrito por um conhecedor que se dedica a apontar as melhores maneiras de se preparar um verdadeiro café, além do método mais perigoso para dele extrair maior energia e maior inspiração para o trabalho intelectual: o "café moído, frio e anidrido [...] consumido em jejum" desencadeia toda uma vivacidade espiritual; a tudo agita, em um movimento de produção incansável. Aliás, costuma-se dizer que a *Comédia Humana* teria sido composta com a ajuda de grandes ingestões de café. Não é difícil imaginar Balzac em vigília, consumindo "torrentes de água escura", e experimentando esse "terrível e cruel método" graças ao qual

> as ideias se agitam como os batalhões do grande exército no campo de uma guerra [...] As lembranças chegam a passo de cargo, estandartes abertos; a cavalaria ligeira das comparações se move em um magnífico galope; a artilharia da lógica acorre com seu trem de campanha e seus cartuchos; chistes são pronunciados em profusão; as figuras se aprumam; o papel se cobre de tinta.

Balzac chega, enfim, e propositadamente no último capítulo, aos efeitos causados pelo consumo excessivo de tabaco — pois que esse excesso "triunfa sobre todos os outros". É curioso notar que ele próprio, segundo testemunhos de literatos do século XIX, não era um fumante. Para Théophile Gautier, o *Tratado dos excitantes modernos* é, sem dúvida nenhuma, um requisitório contra todas as espécies de fumo:

> Balzac não podia suportar o tabaco, sob qualquer espécie que fosse; vituperava o cachimbo e proscrevia o charuto. Não admitia nem mesmo o mais leve *papelito* espanhol [...] Ele nunca fumou.[3]

E se ele aceita o *houka*, ou o *narguilé*, é porque o aparelho, composto por um frasco preenchido com água perfumada, lhe parece um "bibelô curioso" pleno de "cor local" — os termos são ainda de Théophile Gautier. *Houka* ou *narguilé* permitem àquele que deles se serve transportar-se para o "mundo da fantasia", onde "a vida é leve" e "a inteligência clara", e azul a "atmosfera do pensamento", esta, que sem os efeitos dessa fumaça sutilizada, é comumente cinzenta.

Entretanto, todos esses excitantes, capazes de produzir efeitos bastante poéticos e agradáveis, são, para Balzac, uma ameaça para a "sociedade moderna", responsáveis pelo encurtamento da vida humana. E por quê? Como fisiologista, Balzac se preocupa com o dispêndio inútil de energia advindo dos excessos e do consumo dos excitantes. O homem, como explica ele, "tem apenas uma soma de força vital"; se

3. Citado em Balzac, Honoré. La Comédie Humaine,vol. XII. Paris: Gallimard, 1981, p.205-206, n. 5.

seu desejo é então o de viver o mais longamente possível, é necessário gerenciar energias físicas e intelectuais. É por isso que ao longo de todas as páginas do tratado anátemas são dirigidos contra aquelas cinco substâncias devoradoras da saúde humana. Os álcoois e a embriaguez são responsáveis pela perturbação das faculdades generativas; o café, "torrificador interno", por "grandes desordens" e, mesmo, pela deformação dos corpos — como o caso de um inglês que, "graças ao consumo imoderado de café, tornou-se encurvado como aqueles velhos gotosos e raquíticos"; o tabaco destrói as diferentes mucosidades, que são "fundamentais à harmonia interna de nossa máquina" — e, como que a confirmar cientificamente sua observação, Balzac nos oferece a perspectiva médica, que vê na destruição das mucosidades um caminho certo para graves e mesmo mortais enfermidades.

Ao leitor mais atento não terá passado despercebido o fato de Balzac não se deter longamente nos efeitos nocivos do consumo de açúcar e de chá. Mesmo que movido pela intenção de analisar metodicamente os cinco excitantes modernos, parece que o açúcar e o chá não têm grande influência naquela corrosão da energia humana que tanto o preocupa. Nesse sentido, quando fala do açúcar é tão somente para assinalar que não se sabe ao certo quais são os efeitos relacionados a seu consumo excessivo — que talvez cause "doenças da pele" — ou à privação total — que talvez cause "doenças do peito". Quanto ao chá, algumas observações indicam que, para Balzac, ele parece ser a bebida dos homens fracos ou das mulheres... A estas, o chá deteriora o moral e o físico, tornando-as "pálidas, doentias, tagarelas, aborrecidas, ralhadoras". O que igualmente aconteceria com os homens consumidores de chá, que se tornam magros, quase transparentes, podendo mesmo morrer de "consumpção, no estado de diafaneidade".

Nos *Estudos de costumes*, Balzac buscou apresentar, como podemos ler no *Prefácio* à *Comédia humana*, "a história geral da Sociedade, a coleção de todos os seus feitos e gestos", oferecendo assim toda uma rica e variada galeria de tipos imersos em "comédias e tragédias". Sobre esse primeiro edifício elevaram-se os *Estudos filosóficos*, que procuraram demonstrar "o meio social de todos os efeitos" e pintar, "sentimento por sentimento", "as perturbações do pensamento". O Balzac dos *Estudos de costumes* e dos *Estudos filosóficos* é aquele que grande parte do público leitor conhece, o célebre autor de ficção narrativa. Os *Estudos analíticos*, pelo contrário, do qual fazem parte os cinco textos aqui reunidos, adotam uma economia discursiva diferente: se, nos primeiros, Balzac contava histórias, aqui, ele disserta, mesmo que por vezes empregue um tom jocoso, recorra a anedotas e descreva cenas curiosas.

Na forma de, digamos, análise e descrição objetivas dos prazeres e dos malefícios encontrados no vestuário, nos modos de comer, na vida elegante, no movimento e no consumo dos excitantes modernos, os tratados de Balzac confirmariam, entretanto, a preocupação e o envolvimento desse que é um dos grandes literatos do século XIX com os fatos de uma sociedade corrompida quiçá pela modernidade, por suas benesses e por seus excessos. É como ele mesmo diz no prefácio acima citado: sua obra tem como objetivo traçar "a história e a crítica da Sociedade, a análise de seus males e a discussão de seus princípios". Nesse sentido, as dissertações (pseudo) científicas, por assim dizer, de *Fisiologia do vestuário*, *Fisiologia gastronômica*, *Tratado da vida elegante*, *Teoria do mover-se* e, por fim, do *Tratado dos excitantes modernos*, são parte relevante da *Comédia humana*; elas esboçam inclusive diversos traços que serão mais tarde incorporados àquelas "duas ou três mil figuras" que deambulam pelas histórias dessa comédia da humanidade entregue às desordens que, pensa Balzac, viciam a máquina humana, fazem com que ela vacile e, por fim, sucumba.

VIDA E OBRA DE BALZAC[1]

1797 30 de janeiro: Bernard-François Balssa, 51 anos, diretor de Víveres da 22ª divisão militar em Tours, desposa em Paris Anne-Charlotte-Laure Sallambier, 19, filha do diretor da administração dos Asilos de Paris.

1799 20 de maio: Nascimento em Tours de Honoré Balzac; supostamente, dificuldades de amamentação fazem com que seja entregue de imediato a uma ama-de-leite.

1800 29 de setembro: Nascimento em Tours de Laure, irmã de Honoré, entregue, com ele, a uma ama-de-leite de Saint-Cyr-sur-Loire até 1803.

1802 18 de abril: Nascimento de Laurence, irmã de Honoré e de Laure; nos papéis de batismo, Laurence é declarada filha legítima de B.-F. *de* Balzac.

1804 Abril: Honoré entra como externo no pensionato Le Guay, de Tours.

1807 22 de junho: Entra como interno no colégio dos Oratoriens sécularisés, de Vendôme (hoje Lycée Ronsard).

21 de dezembro: Nascimento de Henri, último filho do casal Balzac.

1813 22 de abril: Imerso em um estado sonambúlico inquietante, que mais tarde descreverá em *Louis Lambert** como uma "congestão de ideias", Honoré é tirado às pressas do colégio de Vendôme; ali começara a escrever um *Traité de la volonté* [Tratado da vontade], confiscado por um de seus professores.

Verão: É colocado por alguns meses como interno na instituição Ganser, em Paris.

1814 Honoré passa a estudar, como aluno externo, no colégio de Tours.

1. Um asterisco indica as obras de Balzac editadas no Brasil. Na primeira ocorrência de cada obra, encontra-se, entre colchetes, a forma como é conhecida em português ou a tradução literal do título, quando necessária.

Novembro: A família Balzac instala-se em Paris, no Marais, rua du Temple, 40. Honoré frequenta a instituição Lepître, na rua de Turenne.

1815 Outubro: Volta à instituição Ganser e ao mesmo tempo acompanha as aulas de retórica no Liceu Charlemagne.

1816 Termina seus estudos secundários.

Novembro: Inscreve-se na Faculdade de Direito e trabalha como auxiliar junto ao advogado Guillonnet-Merville.

1818 Março: Abandona o escritório de Guillonnet-Merville e logo passa a trabalhar como auxiliar de tabelião no escritório de Passez.

Novembro: Inicia seu terceiro ano de Direito e redige seu primeiro trabalho literário: notas filosóficas *Sur l'immortalité de l'âme* [Sobre a imortalidade da alma].

1819 4 de janeiro: Forma-se bacharel em Direito.

4 de agosto: Honoré, que recusa tornar-se tabelião, consegue a autorização dos pais para se instalar em uma mansarda em Paris (rua Lesdiguières, perto do Arsenal) para tentar ser escritor. Acalenta muitos projetos de peças de teatro. B.-F. Balzac, aposentado da administração militar com uma pensão inferior à que previra, instala-se em Villeparisis com a família; em 16 de agosto, seu irmão Louis Balzac, acusado de ter assassinado uma empregada da fazenda, é guilhotinado em Albi.

1820 Honoré acaba sua tragédia em cinco atos e em versos, *Cromwell.*

18 de maio: Laure casa-se em Paris com o engenheiro Eugène Surville.

Verão: Honoré retoma seu romance medieval que começou em abril, *Falthurne*, que não terminará. Seus pais, pouco entusiasmados pela leitura de *Cromwell* e pela opinião desfavorável do acadêmico Andrieux, pretendem devolver no mês de janeiro seguinte o apartamento da rua Lesdiguières.

Setembro: Honoré tem a sorte de tirar o "número certo", que o dispensa do serviço militar.

Por volta do final do ano, começa a redigir um romance epistolar *Sténie ou les erreurs philosophiques* [Sténie ou os erros filosóficos], que também não terminará.

1821 Volta a morar com os pais em Villeparisis. Conhece Auguste Le Potevin, dito "de l'Egreville", que recruta escritores para fornecer romances para "bibliotecas" aos editores; começa a escrever *L'Héritière de Birague* [A herdeira de Birague] e *Clotilde de Lusignan.*

1º de setembro: Laurence desposa o senhor de Monzaigle — casamento que se revelará infeliz.

1822 Início da ligação com a senhora de Berny, a "dileta", vinte e dois anos mais velha, que conheceu em junho de 1821. Os primeiros romances de Balzac são publicados sob diversos pseudônimos.

Janeiro: *L'Héritière de Birague*, "de A. De Viellerglé (anagrama de Egreville) e lorde R'hoone (anagrama de Honoré)".

Março: *Jean-Louis*, "de lorde R'hoone".

Abril-maio: Estada de Honoré na casa de Laure, em Bayeux.

Julho: *Clotilde de Lusignan* (primeiro romance redigido apenas por Honoré), "de lorde R'hoone".

Outubro: A família de Balzac sai de Villeparisis e volta a instalar-se em Paris, no Marais, rua du Bois-doré; Honoré compromete-se a pagar 1.200 francos de pensão anual ao pai, que faz com que ele assine um contrato no qual se obriga a isso.

Novembro: *Le Centenaire* [O centenário] e *Le Vicaire des Ardennes* [O vigário das Ardennes] "de Horace de Saint-Aubin".

Novembro-dezembro: Honoré começa um romance, *Wann-Chlore*, e escreve um melodrama, *Le Nègre*, recusado no teatro Gaîté no mês de janeiro seguinte.

1823 Maio: *La Dernière fée* [A última fada], "de Horace de Saint-Aubin". Honoré termina *Wann-Chlore*.

Julho-setembro: Temporada na Touraine, redação do poema *Fœdora*.

1824 Janeiro-maio: Escreve para vários pequenos jornais, entre outros para seu amigo, o jornalista liberal Horace Raisson, no *Feuilleton littéraire*; publica duas brochuras anônimas: *Du Droît d'aînesse* [Do direito de primogenitura] e *Histoire impartiale des jésuites* [História imparcial dos jesuítas].

Maio: *Annette et le criminel* [Annette e o criminoso] "de Horace de Saint-Aubin". Redação inacabada de um novo *Faulthurne*.

Junho: A família Balzac volta a se instalar em Villeparisis sem Honoré, que aluga um pequeno apartamento na rua de Tournon.

1825 Com o dinheiro emprestado pela família, Honoré associa-se ao editor Urbain Canel para publicar as *Obras completas* ilustradas de Molière e La Fontaine, para as quais escreverá notas.

Março: *Code des gens honnêtes* [*Código dos homens honestos**], sem nome de autor.

Verão: Início da ligação de Honoré com a duquesa de Abrantès, quinze anos mais velha.

11 de agosto: Morte de Laurence.

Setembro: é lançado *Wann-Chlore*, sem nome de autor. Honoré projeta uma série de romances destinada a formar uma *Histoire de la France pittoresque* [História da França pitoresca].

1826 Abril: Graças ainda a empréstimos, compra a tipografia Laurens para explorá-la em sociedade com o tipógrafo Alain Barbier.

Maio: Declara-se a falência do editor Canel e Honoré encarrega-se sozinho do caso das *Obras completas* — um primeiro fracasso nos negócios que o deixará com trinta mil francos de dívidas.

4 de junho: Honoré recebe sua licença de tipógrafo e instala-se na rua des Marais-Saint-Germain (atual rua Visconti).

Julho: Inicia-se como tipógrafo compondo uma primeira versão de sua *Phisiologie du mariage* [Fisiologia do casamento] (que não será divulgada).

Setembro: Breve viagem a Reims para recuperar um crédito; os negócios vão mal. A família Balzac deixa Villeparisis e instala-se em Versalhes.

1827 15 de julho: Ainda graças a empréstimos de sua família e da senhora de Berny, amiga fiel, Honoré e seu sócio Barbier associam-se com o fundidor de tipos Laurens. Honoré trabalha em seus projetos de romances históricos e em diversas compilações. Ajudando Urbain Canel a reunir textos para uma coletânea anual, *Annales romantiques*, conhece vários escritores, entre eles Hugo e Vigny.

1828 Fevereiro: Barbier retira-se das sociedades de tipografia e de fundição de tipos.

Abril: Perseguido pelos credores, Honoré instala-se, sob o nome de seu cunhado Surville, na rua Cassini, perto do Observatoire.

16 de abril: Liquidação da fundição, recuperada pelo filho da senhora de Berny.

16 de agosto: Liquidação da tipografia. Honoré não apenas está arruinado, como comprometeu seu futuro com dívidas enormes contraídas junto a parentes e amigos.

18 de setembro-outubro: Volta à literatura durante uma temporada em Fougères na casa do general de Pommereul (cujo pai foi protetor do pai de Honoré); Honoré prepara um romance sobre a insurreição da Vendéia, *Le Gars*.

1829 É introduzido pela duquesa de Abrantès aos salões da moda, entre outros, ao da senhora de Récamier e do barão Gérard. Início da correspondência com Zulma Carraud, que conhece desde a infância; é a mulher de um capitão da escola de Saint-Cyr, onde Honoré faz amizade com todo um grupo de colegas politécnicos de Surville.

Abril: Balzac publica, pela primeira vez com seu nome, *Le Dernier Chouan ou la Bretagne en 1800* [O último Chouan ou a Bretanha em 1800] que, sob o título definitivo de *Les Chouans* [*Os Chouans**], será também o primeiro romance a fazer parte de *La Comédie humaine* [*A comédia humana**].

Junho: Estada em La Bouleaunière (perto de Nemours) na casa da senhora de Berny, onde redige a mais antiga das *Scènes de la vie privée* [*Cenas da vida privada*], *La Paix du ménage* [*A paz conjugal**].

19 de junho: Morte de B.-F. Balzac, pai do escritor, nascido em 1746.

10 de julho: Assiste, na casa de Hugo, à leitura de *Marion Delorme.*

Outubro: Balzac escreve o que se tornará *La Maison du Chat-qui-pelote* [*Ao "Chat-qui-pelote"**].Trabalhaem *El Verdugo*, o mais antigo dos *Études philosophiques* [*Estudos filosóficos**], no manuscrito que vai se tornar *La Femme de trente ans* [*A mulher de trinta anos**],em *BaldesS ceaux* [*Obaile de Sceaux**], novelas que serão parte das *Cenas da vida privada.*

Dezembro: *Phisiologie du mariage*, "por um jovem celibatário", que inicia o sucesso mundano de Balzac.

1830 Janeiro: Balzac, que a partir de então escreve em vários jornais, liga-se, entre outros, a Emile de Girardine com ele se associa para a publicação de um jornal: o *Feuilleton des journaux politiques.*

30 de janeiro: *El Verdugo*, primeiro texto assinado H. de Balzac, em *La Mode* (um dos jornais de Girardin).

25 de fevereiro: Participa da *Batalha de Hernani*, mas nem por isso deixa de publicar um artigo severo sobre a peça.

Março: *L'Usurier* [O usurário] (futuro *Gobseck**)e *Étude de femme* [*Estudo de mulher**], em *La Mode.*

Abril: Primeiras *Cenas da vida privada.*

Maio: *Les Deux Rêves* [Os dois sonhos], futura terceira parte de *Sur Catherine de Médicis* [Catarina de Medici], e *Adieu* [Adeus], em *La Mode.*

Outono: Frequenta o salão de Charles Nodier no Arsenal.

Outubro-dezembro: *L'Elixir de longue vie* [O elixir da longa vida], *Sarrasine** e *Une passion dans le désert* [*Uma paixão no deserto**], na *Revue de Paris.*

1831 Balzac mundano conhece, entre outros, Rossini, Jules Sandeau e George Sand.

Janeiro-março (e outubro): Vários episódios da futura *A mulher de trinta anos* e de *Réquisitionnaire* [O requisicionário], na *Revue de Paris.*

23 de abril: Tentado pela política, Balzac, que acaba de conhecer o duque de Fitz-James (chefe do partido neolegitimista), publica a brochura *Enquête sur la politique de deux ministères* [Enquete sobre a política de dois ministérios] com fins eleitorais.

Maio: *Les Proscrits* [Os proscritos], na *Revue de Paris.*

1º de junho: Balzac é testemunha no casamento de Emile de Girardin.

31 de julho-7 de agosto: *Le Chef-d'œuvre inconnu* [*A obra-prima ignorada**], em *L'Artiste.*

1º de agosto: *La Peau de chagrin* [*A pele de onagro**] consagra a reputação de Balzac como escritor da moda.

Fim de setembro: *Romans et contes philosophiques* [Romances e contos filosóficos].

1832 Janeiro: *Contes bruns* [Contos sombrios], com Chasles e Rabou.

15 de fevereiro: *Le Message* [*A mensagem**], na *Revue des Deux-Mondes.*

19 de fevereiro: *Madame Firmiani* [*A senhora Firmiani**],na *Revue de Paris*; *La Transaction* [A transação], futuro *Colonel Chabert* [*O coronel Chabert**], em *L'Artiste.*

28 de fevereiro: Primeira carta a Balzac daquela que ainda é “A estrangeira”, a senhora Hanska, esposa de um rico proprietário da Ucrânia.

Abril: Primeira dezena dos *Contes drolatiques* [Contos divertidos]. Novos episódios de *A mulher de trinta anos*, na *Revue de Paris.*

19 de maio: *La vie d'une femme* [A vida de uma mulher], em *Le Rénovateur.*

6 de junho-16 de julho: Estada em Saché, onde Balzac redige *Louis Lambert**.

Fim de agosto-13 de outubro: Vai ao encontro da marquesa de Castries (sobrinha do duque Fitz-James), que conheceu no ano anterior e que corteja assiduamente, em Aix-les-Bains; para agradá-la, entrou abertamente no partido neolegitimista.

9-16 de setembro: *La Femme abandonnée* [*A mulher abandonada**], na *Revue de Paris*.

14-18 de outubro: Passa alguns dias em Genebra com a marquesa de Castries, que o rejeita; abandona-a e "vingar-se-á" em *La Duchesse de Langeais* [*A duquesa de Langeais**].

Outubro: *Nouveaux contes philosophiques* [Novos contos filosóficos], que contém *Louis Lambert*. *Lettre à Nodier* [Carta a Nodier] e *La Grenadière* [*O romeiral**], na *Revue de Paris*.

9 de dezembro: Primeira resposta de Balzac à "Estrangeira". Começa *Le Médecin de campagne* [*O médico rural**].

1833 Encerra sua atividade puramente jornalística e só manda aos jornais a pré-publicação de suas obras. Início de uma correspondência contínua com a senhora Hanska; ligação com Marie du Fresnay; Balzac segue ampliando o círculo de suas relações mundanas.

13 de janeiro: Segunda parte dos *Marana*, na *Revue de Paris*.

Março: *Ferragus**, na *Revue de Paris*.

Meados de abril-meados de maio: Parte de *A duquesa de Langeais*, em *L'Echo de la Jeune France*.

19 de junho: *La Veillée* [A vigília], parte do *O médico rural*, em *L'Europe littéraire*.

Julho: Segunda dezena dos *Contes drolatiques*. Processo do editor Mame a respeito de *O médico rural*.

15 de agosto-5 de setembro: *Théorie de la démarche* [Teoria do mover-se], em *L'Europe littéraire*.

Início de setembro: *O médico rural*. Início de *Eugénie Grandet**, em *L'Europe littéraire*.

25 de setembro: Primeiro encontro com a senhora Hanska em Neuchâtel, onde Balzac permanece até 1º de outubro.

Outubro: Contrato com a senhora Béchet para a publicação dos *Études de mœurs au XIXe siècle* [Estudos dos costumes no século XIX]: doze volumes divididos em três séries que prefiguram *A comédia humana*, *Cenas da vida privada*, *Cenas da vida provinciana*, *Cenas da vida parisiense*.

Dezembro: Tomos V e VI de *Estudos de costumes*, volumes 1 e 2 das *Cenas da vida provinciana*, que contêm os inéditos *Eugénie Grandet* e *L'Illustre Gaudissart* [*O ilustre Gaudissart**].

24 de dezembro: Balzac encontra a senhora Hanska em Genebra e lhe dá como presente de Natal o manuscrito de *Eugénie Grandet.*

1834 Janeiro-8 de fevereiro: Estada em Genebra com a senhora Hanska, que se tornou sua amante e que lhe apresenta a condessa Maria Potocka, a qual convidará Balzac para a embaixada da áustria.

Fim de março: Tomos X e XI de *Estudos de costumes*, volumes 2 e 3 das *Cenas da vida parisiense*, que contêm, em edição original, *Histoire des treize* [*História dos treze**].

26 de abril: Balzac, que também viram jantando em companhia dos carrascos Samson, pai e filho, conhece Vidocq.

1º de junho (e 19 de julho): Início de *Séraphîta* [*Seráfita**], na *Revue de Paris.*

4 de junho: Nascimento de Maria du Fresnay, supostamente filha de Balzac (que viverá até 1930).

Julho (ou outubro?): E numa noitada na embaixada da áustria, conhece a condessa Guidoboni-Visconti, nascida Sarah Lovell.

16 de julho: Balzac, que tomou consciência da unidade de sua obra e pensa em dividi-la em três grandes séries: *Études des mœurs au XIXe siècle, Études philosophiques* e *Études analytiques* [Estudos analíticos], assina com o editor Werdet um contrato para a publicação de uma edição coletiva dos *Estudos filosóficos.*

Setembro: Tomos III e IV de *Estudos de costumes*, volumes 3 e 4 de *Cenas da vida privada*, que contém *A mulher de trinta anos* e *La Recherche de l'absolu* [*A procura do absoluto**].

26 de setembro-10 de outubro: Estada em Saché, redação do início de *Le Père Goriot* [*O pai Goriot**]; Balzac inventa o procedimento do "retorno dos personagens".

Dezembro: Primeira parte de *Estudos filosóficos*, precedida de uma "Introdução" de Félix Davin. Balzac começa *César Birotteau* [*História da grandeza e da decadência de César Birotteau**].

14 e 28 de dezembro: Início de *O pai Goriot*, na *Revue de Paris.*

1835 Janeiro-fevereiro: Estada junto à senhora de Berny, que se encontra muito doente, em La Bouleaunière. Fim de *O pai Goriot*, na *Revue de Paris.*

Início de março: *O pai Goriot* em volume. Sem sair da rua Cassini, Balzac instala, na rua des Batailles, em Chaillot, uma "cela inabordável" sob o nome de viúva senhora Durand.

Abril-início de maio: Estada misteriosa em Meudon, talvez para escapar à invasora condessa Guidoboni-Visconti.

Início de maio-4 de junho: Balzac vai para junto da senhora Hanska, que está em Viena com o marido; a sociedade vienense acolhe-o bem, é recebido por Metternich; só tornará a ver a senhora Hanska oito anos depois.

Junho: *Melmoth réconcilié* [*Melmoth apaziguado**] no tomo VI do *Livre des conteurs* [Livro dos contadores]. Tomos I e XII de *Estudos de costumes*, volume 1 de *Cenas da vida privada* e volume 4 de *Cenas da vida parisiense*, onde figura *La Comtesse à deux maris* [A condessa de dois maridos], edição original do futuro *O coronel Chabert*.

Julho:Estada breve em La Bouleaunière; Balzac esboça o que se tornará *Les Paysans* [*Os camponeses**].

Outubro: Última estada em La Bouleaunière, onde Balzac termina *La Fleur de pois* [A flor de ervilha]. A senhora de Berny acaba de perder o filho; decide não tornar a ver Balzac.

Novembro: Tomos II e IX de *Estudos de costumes*, volume 2 de *Cenas da vida privada* contendo o inédito *La Fleur de pois* (*Le Contrat de mariage* [*O contrato de casamento**]) e o volume 1 das *Cenas da vida parisiense*.

Novembro-dezembro: Início do *Lys dans la vallée* [*O lírio do vale**],na *Revue de Paris*. Souverain compra o direito de publicar as *Obras completas* de Horace de Saint-Aubin. *Le Livre mystique* [O livro místico], que contém *Séraphîta* e uma versão ampliada de *Louis Lambert*.

24 de dezembro: Balzac compra seis oitavos das ações de *La Chronique de Paris*.

1836 Janeiro: Balzac dedica-se à direção de seu jornal, cujo equilíbrio financeiro é precário. Início do processo sobre o *O lírio do vale*, cujas provas o editor Buloz (*Revue de Paris*), sem a autorização de Balzac, entregou a uma revista de São Petersburgo. Cessão de *Estudos dos costumes no século XIX* a Werdet, que também se torna o editor único de Balzac.

Janeiro-fevereiro: *La Messe de l'athée* [*A missa do ateu**]e *L'Interdiction* [*A interdição**], em *La Chronique de Paris*.

Fevereiro: Início das cartas a Louise, cuja identidade ainda não foi estabelecida com certeza.

6 de março: Início do *Cabinet des antiques* [*O gabinete das antiguidades**], em *La Chronique de Paris*.

16-26 de abril: Balzac vai para o campo para terminar *O lírio do vale*.

27 de abril-4 de maio: Balzac é preso por não ter assumido seu posto na guarda nacional.

29 de maio: Nascimento de Lionel-Richard Guidoboni-Visconti, que se acreditava ser filho de Balzac.

3 de junho: Balzac obtém satisfação parcial em seu processo contra Buloz.

9 de junho: Fragmento de *Les Martyrs ignorés* [Os mártires ignorados], em *La Chronique de Paris*.

18 de junho: *O lírio do vale*, em volume.

19 de junho: Balzac parte para Saché, onde começa *Illusions perdues* [*Ilusões perdidas**].

3-4 de julho: Volta muito arriscada a Paris, onde Balzac deve dissolver sua sociedade de gerência de *La Chronique de Paris*; assim, contrai mais 46 mil francos de dívidas...

25 de julho-22 de agosto: Viagem à Itália (que ele descobre) com Caroline Marbouty disfarçada de pajem. Quando volta, Balzac fica sabendo da morte da senhora de Berny, em 27 de julho.

Setembro: Segunda parte de *Estudos filosóficos*, contendo em edição original *A interdição*.

30 de setembro: Perseguido por seus credores, Balzac abandona definitivamente a rua Cassini por seu refúgio de Chaillot.

9-16 de outubro: *La Perle brisée* [A pérola quebrada], segunda parte de *L'Enfant maudit* [O filho maldito], em *La Chronique de Paris*.

23 de outubro-4 de novembro: Pela primeira vez na França, Balzac publica um romance em um jornal: *La Vieille fille* [*A solteirona**], em *La Presse*, que Emile de Girardin acaba de lançar.

15 de novembro: Um contrato com as edições Delloye e Lecou, e um adiantamento substancial, permitem que Balzac pague suas dívidas mais urgentes.

8 de dezembro-22 de janeiro de 1837: *Le Secret des Ruggieri* [O segredo dos Ruggieri], em *La Chronique de Paris*.

1837 Fevereiro: Tomos VII-VIII (os últimos) de *Estudos de costumes*, volumes 3 e 4 das *Cenas da vida provinciana*, contendo a primeira parte, inédita, de *Ilusões perdidas*, e a edição original de *A solteirona*.

8 de fevereiro: Um antigo sócio de *La Chronique de Paris*, William Duckett, manda apreender o tílburi de Balzac.

14 de fevereiro-3 de maio: Longa viagem à Itália, onde é bem acolhido pela alta sociedade (Milão, Veneza, Gênova, Livorno, Florença, Bolonha, Como).

Maio: Falência do editor Werdet.

Fim de junho-início de julho: Escondendo-se, Balzac escapa por pouco da prisão por dívidas. Terceira parte de *Estudos filosóficos*, assumida por Delloye e Lecou.

1º-14 de julho: *La Femme supérieure* [A mulher superior] (*Les Employés* [*Os funcionários**]), em *La Presse.*

23 de julho-20 de agosto: *Gambara**, na *Revue et gazette musicale de Paris.*

16 de setembro: Balzac compra em Sèvres um "chalé" e terrenos num lugar chamado Les Jardies.

Dezembro: Terceira e última dezena dos *Contes drolatiques.*

17 de dezembro: *História da grandeza e da decadência de César Birotteau.*

1838 14 de fevereiro-2 de março: Visita a Nohant, à casa de George Sand, que sugere a Balzac o tema de *Béatrix* [*Beatriz**].

Março-início de junho: Viagem à Sardenha, onde Balzac tem o intuito de explorar minas de prata: a ideia era tão boa que uma sociedade de Marselha já comprara a concessão. Quando volta a Paris, Balzac fica sabendo da morte da duquesa de Abrantès, em 7 de junho.

Fim de junho-início de julho: Balzac instala-se nos Jardies, onde adquiriu novos terrenos, e gasta uma fortuna em reformas e plantações — a lenda dirá que sonhava fazer fortuna aclimatando a cultura de abacaxis nos Jardies.

Setembro: *La Femme supérieure* [*Os funcionários*]; *La Maison Nucingen* [*A casa Nucingen**]; *La Tourpille*, início dos futuros *Splendeurs et misères des courtisanes* [*Esplendores e misérias das cortesãs**].

12 de novembro: Contrato de reimpressão com o editor Charpentier, que lança sua célebre *Bibliothèque* em formato in-18.

21 de dezembro: Léon Curmer compra de Balzac vários textos para sua coletânea *Les Français peints par eux-mêmes* [Os franceses por eles mesmos].

28 de dezembro: Balzac adere à recém-formada Societé des gens de lettres.

31 de dezembro: *Une Fille d'Eve* [*Uma filha de Eva**], em *Le Siècle*, jornal de Dutacq.

1839 1º-7 de janeiro: Início de *Le Curé de village* [*O cura da aldeia**], em *La Presse.*

Janeiro: Balzac está de novo na prisão por não assumir seu posto na guarda nacional.

Fevereiro: Balzac aluga um local de residência provisória na rua de Richelieu.

24 de fevereiro: O teatro de la Renaissance recusa *L'École des ménages* [A escola de casais].

24 de março: Balzac é eleito para o comitê da Société des gens des lettres. *O gabinete das antiguidades* seguido de *Gambara*.

13-26 de abril: *Beatriz*, em *Le Siècle*.

18-20 de abril: Balzac transporta sua biblioteca para os Jardies, onde reside a maior parte do tempo.

14 de maio: Balzac compra um segundo "chalé" nos Jardies.

15 de junho: *Un grand homme de province à Paris* [*Um grande homem da província em Paris**], segunda parte de *Ilusões perdidas*.

Julho: *Véronique* e *Véronique au tombeau* [Verônica no túmulo], segunda e terceira partes de *O cura da aldeia*, em *La Presse*.

16 de agosto: Balzac é eleito presidente da Société des gens de lettres.

20-26 de agosto: *Une Princesse parisienne* [Uma princesa parisiense] (*Les Secrets de la Princesse de Cadignan* [*Os segredos da princesa de Cadignan**]), em *La Presse*. *Uma filha de Eva* seguido de *Massimilia Doni**.

30 de agosto-28 de outubro: Caso Peytel; a pedido de Gavarni, Balzac (*Lettres* [Cartas], em *Le Siècle*) tenta em vão salvar a cabeça de um notário de Bourg-en-Bresse, acusado do assassinato de sua mulher e de seu criado.

Outubro-dezembro: *Petites misères de la vie conjugale* [Pequenas misérias da vida conjugal], em *La Caricature*.

Novembro: *Béatrix ou les amours forcés* [Beatriz ou os amores forçados].

2 de dezembro: Candidato à Academia francesa, Balzac fica na sombra de Hugo, que, aliás, não será eleito.

1840 9 de janeiro: Hugo sucede Balzac na presidência da Société des gens de lettres.

14-27 de janeiro: *Pierrette*, em *Le Siècle*. Balzac encontra o título "La Comédie humaine".

Janeiro-fevereiro: Balzac termina, remaneja e ensaia sua peça *Vautrin*. Rejeitada duas vezes (23 de janeiro e 27 de fevereiro) pela censura, será finalmente autorizada em 6 de março.

Fevereiro: *Une Princesse parisienne* (*Os segredos da princesa de Cadignan*), na coletânea *Le Foyer de l'Opéra*, tomo I.

14 de março: Apresentação de *Vautrin* na Porte-Saint-Martin. A peça é proibida já no dia seguinte: Frédérick Lemaître, no papel de Vautrin, imitou o rosto de Luís Filipe...

Maio: Frédérick Lemaître recusa-se a atuar em *Mercadet*, que Balzac acaba de escrever para ele às pressas, e prefere reestrear em *Kean*, de Dumas.

Julho: Com o auxílio de Dutacq, Balzac lança uma pequena revista, *La Revue parisienne*, que redige praticamente sozinho.

25 de julho: *Z. Marcas**, em *La Revue parisienne.*

25 de agosto: *Les Fantaisies de Claudine* [As fantasias de Claudine] (*Un Prince de la bohème* [*Um príncipe da boêmia**]), no segundo número de *La Revue parisienne.*

Fim de agosto-início de setembro: Quarta parte de *Estudos filosóficos*, que contém *Les Proscrits* [Os proscritos].

18-19 de setembro: Um credor, Foullon, obtém o arresto imobiliário dos Jardies.

25 de setembro: *Études sur M. Beyle* [Estudos sobre M. Beyle], em *La Revue parisienne*; é o famoso artigo sobre *A cartuxa de Parma*, de Stendhal; é também o último número da revista; Dutacq corta as despesas a tempo.

1º de outubro: Com sua governanta e amante Louise Breugniot, dita senhora de Brugnol, Balzac esconde-se com o nome de senhor de Brugnol em um apartamento com duas saídas na rua Basse, em Passy (futura Casa de Balzac da rua Raynouard); ali logo acolhe a mãe.

Novembro: *Pierrette**, seguido de *Pierre Grassou.*

15 de dezembro: Balzac assiste à volta das cinzas de Napoleão.

1841 Janeiro: Balzac é nomeado presidente honorário da Société des gens de lettres.

14 de janeiro-20 de fevereiro: *Une Ténébreuse affaire* [*Um caso tenebroso**], em *Le Commerce.*

24 de fevereiro-4 de março: *Les Deux frères* [Os dois irmãos], primeira parte de *La Rabouilleuse* [*A turvadora*], em *La Presse.*

Março: Notas sobre a propriedade literária. *O cura da aldeia.*

21-28 de março: *Une scène de boudoir* [Uma cena de toucador] (*Autre étude de femme* [*Outro estudo de mulher**]), em *L'Artiste.*

23 de março-4 de abril: *Les Lecamus* (*Le Martyr calviniste* [O mártir calvinista]), fragmento de *Sur Catherine de Médicis*, em *Le Siècle*.

14 de abril: Primeiro contrato com Hetzel, Dubochet e Sanches para a publicação de *A comédia humana*.

15 de julho: Venda por adjudicação dos Jardies, que Balzac manda um testa-de-ferro comprar.

21 de agosto: *Phisiologie de l'employé* [Fisiologia do funcionário].

25 de agosto-23 de setembro: *Ursule Mirouet**, em *Le Messager*.

5 de setembro: Balzac pede demissão da Société des gens de lettres, que a recusará (5 e 22 de outubro).

2 de outubro: Segundo tratado (anulando o primeiro) com Furne, Dubochet e Hetzel para a publicação de *A comédia humana*. Balzac colabora o ano inteiro com Hetzel para o tomo I de *La Vie publique et privée des animaux* [A vida pública e privada dos animais].

26 de novembro-6 de dezembro (e 27 de dezembro-3 de janeiro): Primeira e segunda partes das *Mémoires de deux jeunes mariées* [*Memórias de duas jovens esposas**], em *La Presse*.

24-28 de dezembro: *La Fausse maîtresse* [*A falsa amante**],em *Le Siècle*. Balzac propõe *Les Ressources de Quinola* [Os recursos de Quinola] ao Odéon.

1842 5 de janeiro: Balzac fica sabendo da morte do conde Hanski, a 10 de novembro do ano anterior. Sua ideia fixa será, a partir de então, casar-se com a senhora Hanska, com a qual, no entanto, tem se correspondido menos desde 1830, e que se arrisca a perder todos os bens se casar com ele.

9-15 de janeiro: *Memórias de duas jovens esposas*.

Março: *Ursule Mirouet*.

19 de março: Estreia de *Ressources de Quinola* no Odéon.

6 de abril: Balzac sai de seu refúgio parisiense da rua de Richelieu para evitar que apreendam seus móveis; e a mãe de Balzac sai da rua Basse.

16 de abril: Primeira parte da edição Furne de *A comédia humana*.

23 de abril: *Les Ressources de Quinola* sai de cartaz; fracasso financeiro.

29 de maio-11 de junho: *Albert Savarus**, em *Le Siècle*.

Junho-início de julho: Viagem à Touraine, à Bretanha e a Arcis-sur-Aube com vistas ao *Député d'Arcis* [*O deputado de Arcis**].

Julho: Como George Sand desistiu, após Nodier, de prefaciar *A comédia humana*, Balzac redige seu grande *Avant-propos* [*Preâmbulo*].

26 de julho-4 de setembro: *Le Danger des mystifications* [O perigo das mistificações] (*Un Début dans la vie* [*Uma estreia na vida**]), em *La Législature.*

Setembro: *Les Méchancetés d'un saint* [As maldades de um santo], incorporado mais tarde a *L'Envers de l'histoire contemporaine* [*O avesso da história contemporânea**], em *Le Musée des familles. A falsa amante* e *Outro estudo de mulher*, na segunda parte da edição Furne.

27 de outubro-19 de novembro: *Un Ménage de garçon* [*Um conchego de solteirão**], segunda parte de *La Rabouilleuse*, em *La Presse.*

Novembro: *Albert Savarus*, na terceira parte da edição Furne.

Dezembro: *Les Deux frères* (*La Rabouilleuse*).

1843 17-29 de março: *Honorine**, em *La Presse*; *Um caso tenebroso.*

20 de março-29 de abril: *Dinah Piédefer* (*La Muse du département* [*A musa do departamento**]), em *Le Messager.*

21-30 de maio: *Esther ou les amours d'un vieux banquier* [Esther ou os amores de um velho banqueiro] (*La Tourpille* revisada), em *Le Parisien.*

31 de maio-1º de julho: Fim da primeira parte e início da segunda de *Esplendores e misérias das cortesãs.*

4 de junho-início de julho: Balzac instala-se por um mês em Lagny, perto da tipografia Giroux e Vialat, que compõe *Esther* e *David Séchard.*

9-19 de junho: Início de *David Séchard ou les souffrances de l'inventeur* [*Os sofrimentos do inventor**], em *L'État.*

21 de junho: *L'État* deixa de ser publicado.

5 de julho: Balzac volta a Passy. *A musa do departamento.*

18 de julho-14 de agosto: *Le Parisien-L'État* (que se fundiram) acabam de publicar *Os sofrimentos do inventor.*

21 de julho: Balzac embarca de Dunquerque no Devonshire, que acosta em São Petersburgo em 29 de julho.

29 de julho-7 de outubro: Estada em São Petersburgo com a senhora Hanska; durante essa temporada, Balzac sofre uma insolação grave; quando volta a Paris, o doutor Nacquart diagnostica uma espécie de meningite crônica.

Setembro: *Madame de la Chanterie* [A senhora de Chanterie], fragmento de *O avesso da história contemporânea*, no *Musée des familles*.

26 de setembro: Representação (portanto, na ausência de Balzac) de *Paméla Giraud* no Gaîté.

1º de outubro-3 de novembro: Balzac volta a Paris via Alemanha e Bélgica.

8-10 de novembro: Vai buscar sua mala (que veio de barco) no Havre, onde colhe informações que usará em *Modeste Mignon**.

Dezembro: Balzac se candidata, e depois retira sua candidatura, à Academia Francesa. Posa para o escultor David d'Angers.

1844 Janeiro: Balzac, que se queixa de dores nervosas, escreve, entre outros, *Les Roueries d'un créancier* [As artimanhas de um credor] (*Un Homme d'affaires* [*Um homem de negócios**]) e trabalha em *Les Petits bourgeois* [*Os pequenos burgueses**] (que permanecerá inacabado) e em *Modeste Mignon*, cuja ideia lhe vem da senhora Hanska, a quem escreve todos os dias.

4-18 de abril: Início de *Modeste Mignon*, no *Journal des Débats*.

19 de abril-maio: Uma doença interrompe a redação de *Modeste Mignon*.

17 de maio-1º de junho: Fim de *Modeste Mignon*.

Junho: *Uma estreia na vida*.

26 de julho: Balzac estabelece um catálogo das obras que *A comédia humana* conterá: 125 obras, quarenta das quais resta escrever.

30 de agosto: Balzac já forneceu quatro "esboços de costumes" a Hetzel para o tomo I de *Le Diable à Paris* [O diabo em Paris] e o editor encomenda-lhe outra série.

Setembro: Segunda parte de *Esplendores e misérias das cortesãs* sob esse título e o subtítulo *Esther*. *Catherine de Médicis expliquée* [Catarina de Médici explicada], *Le Martyr calviniste*.

Outubro: Nevralgia e inquietações.

12 de outubro: *Un Gaudissart de la rue de Richelieu* (*Gaudissart II**), em *La Presse*.

Outubro-novembro: Continuação de *Madame de la Chanterie*, em *Le Musée des familles*. *Honorine*, seguido de *Um príncipe da boêmia*.

Novembro (-janeiro 1845): *Modeste Mignon*, seguido de *Un Épisode sous la Terreur* [*Um episódio do Terror**] e *Une passion dans le désert*.

3-21 de dezembro: Primeira parte de *Os camponeses*, em *La Presse*.

24 dezembro-23 de janeiro de 1845: *La Lune de miel* [A lua-de-mel] (*Un Adultère rétrospectif* [Um adultério retrospectivo]), segunda parte de *Beatriz*, em *Le Messager*.

1845 20 de janeiro: Balzac recebe seu busto de mármore de David d'Angers.

Janeiro-março: Diversos textos em *Le Diable à Paris*, tomo II; Hetzel publica também, ao longo de todo o ano, fragmentos de *Petites misères de la vie conjugale*.

24 de abril: Balzac torna-se cavaleiro da Legião de Honra.

25 de abril-5 de julho: Encontra-se com a senhora Hanska, sua filha Anna e seu noivo Georges Mniszech em Dresden; eles viajam pela Alemanha.

Maio: *La Lune de miel* (segunda parte de *Beatriz*).

7 de julho: De volta a Paris, Balzac instala a senhora Hanska e a filha na rua de la Tour, em Passy.

19 de agosto: Fragmento de *Les Comédiens sans le savoir* [*Os comediantes sem o saberem**], em *Le Siècle*.

30 de agosto-final de setembro: Balzac fica sozinho em Paris.

10 de setembro: *Les Roueries d'un créancier* (*Um homem de negócios*), em *Le Siècle*.

Outubro: Liquidação definitiva dos Jardies.

Novembro: Há dezoito meses, arruína-se adquirindo móveis, objetos e quadros para se casar com a senhora Hanska.

13 de dezembro: Visita à Conciergerie para um episódio do final de *Esplendores e misérias das cortesãs* que tem muita dificuldade para escrever.

1846 Janeiro-março: Trabalho lento e difícil.

14-24 de abril: *Os comediantes sem o saberem*, em *Le Courrier français*.

30 de maio: Primeira alusão a uma esperança de maternidade da senhora Hanska.

3-9 de junho: Balzac vai à Tourraine para comprar uma propriedade.

Julho: Terceira parte de *Esplendores e misérias das cortesãs*, em *L'Époque*.

16 de julho: Balzac começa a escrever *La Cousine Bette* [*A prima Bette**].

Setembro: *Petites misères de la vie conjugale. La Femme de soixante ans* [A mulher de sessenta anos], primeira parte de *O avesso da história contemporânea*, seguido de *L'Enfant maudit* [O filho maldito].

19 de setembro: Terceira parte da edição Furne de *A comédia humana*.

28 de setembro: Balzac compra (a crédito) a casa da rua Fortunée (atual rua Balzac).

8 de outubro-3 de dezembro: *A prima Bette*, em *Le Constitutionnel*.

11 de outubro: *Lettre à Hippolyte Castille* [Carta a Hipólito Castille], em *La Semaine*, para defender sua obra acusada de imoralidade.

1º de dezembro: Balzac toma conhecimento de que a senhora Hanska teve um aborto e fica desesperado.

1847 Fim de janeiro: Balzac dispensa a senhora de Brugnol.

15 de fevereiro: Balzac e a senhora Hanska instalam-se em um apartamento mobiliado alugado por dois meses na rua Neuve-de-Berry.

18 de março-10 de maio: *Le Cousin Pons* [*O primo Pons**], em *Le Constitutionnel*.

7 de abril-2 de maio: Primeira parte de *O deputado de Arcis*, em *L'Union monarchique*.

13 de abril-4 de maio: *La Dernière incarnation de Vautrin* [*A última encarnação de Vautrin**], última parte de *Esplendores e misérias das cortesãs*, em *La Presse*.

15 de abril: Instala-se na rua Fortunée, cuja reforma custosa ainda não terminou.

Junho: *Un Drame dans les prisons* [Um drama nas prisões] (*Où mènent les mauvais chemins* [*Aonde os maus caminhos vão dar**], terceira parte de *Esplendores e misérias das cortesãs*).

28 de junho: Balzac doente faz seu testamento, legando tudo à senhora Hanska.

Julho: *A última encarnação de Vautrin*, quarta parte de *Esplendores e misérias das cortesãs*.

Fim do ano: *Le Provincial à Paris* [O provinciano em Paris] (*Os comediantes sem o saberem* e *Gaudissart II*). Início da publicação em livro de *Les Parents pauvres* [*Os parentes pobres**] (*O primo Pons* e *A prima Bette*).

1848 23 de fevereiro: Início da Revolução de Fevereiro. Balzac assiste à pilhagem das Tulherias.

17 de março: Balzac é candidato às eleições legislativas.

Meados de março-meados de maio: Contrariado em seus projetos romanescos pelos acontecimentos políticos, Balzac volta a seus projetos para o teatro, e escreve *La Marâtre* [A madrasta].

25 de maio: Estreia de *La Marâtre* no Théâtre Historique. Sucesso da crítica, mas os acontecimentos políticos esvaziam as salas; as representações acabam em 30 de maio.

3 de junho-6 de julho: Estada em Saché, onde Balzac recebe repercussões débeis das Jornadas de Junho e percebe os primeiros sintomas de uma grave doença cardíaca.

20 de julho-11 de agosto: Reestreia de *La Marâtre*.

1º de agosto-3 de setembro: *L'Initié* [O iniciado], segunda parte de *O avesso da história contemporânea*, no efêmero *Spectateur Républicain*.

17 de agosto: *Mercadet*, que se tornou *Le Faiseur* [O fazedor], é aceito na Comédie-Française, mas afinal não será montado.

11 de setembro: Balzac, candidato à Academia Francesa, não será eleito. Fim do ano: Fim da publicação dos *Os parentes pobres* (*O primo Pons* e *A prima Bette*) como volume XVII, suplementar, da edição Furne de *A comédia humana*.

1849 Na Ucrânia. 4 de janeiro: *Madame Marneffe ou le père prodigue* [A senhora Marneffe ou o pai pródigo]; uma adaptação de *A prima Bette* por Clairville é apresentada no Théâtre du Gymnase.

11 e 18 de janeiro: Dois escrutínios da Academia Francesa são desfavoráveis a Balzac.

Fevereiro: A livraria Furne e Cia. torna a colocar *A comédia humana* à venda.

30 de abril: Balzac escreve à irmã que sofre de "hipertrofia do coração". Junho: "Crise terrível."

2 de julho: O tsar rejeita a súplica da senhora Hanska: ela perderá seus bens se desposar Balzac.

Setembro-outubro: "Febre cefalálgica intermitente."

Fim de outubro: Bronquite grave.

1850 Janeiro: Outra bronquite, "resfriado terrível".

14 de março: Balzac desposa Evelyne Hanska.

24 de abril: Partida de Wierzchownia.

20 ou 21 de maio: Estranha chegada à rua Fortunée: todas as luzes da casa estão acesas, mas ninguém vem abrir, é necessário chamar

um serralheiro; no meio do salão, Balzac encontra seu criado de quarto embrutecido: ficou louco.

30 de maio: Consulta com o doutor Nacquart, assistido por três colegas.

1º de junho: Balzac escreve sua última carta.

4 de junho: Balzac e sua mulher doam seus bens um ao outro em caso de morte de um dos dois.

9 de julho: Peritonite e colocação de ventosas.

24 de julho: Início das punções, que serão ineficazes.

Domingo, 18 de agosto, às onze e meia da noite, morte de Honoré de Balzac. As obséquias acontecem em 21 de agosto na igreja Saint-Philippe du Roule — féretro de terceira categoria, mas Hugo, Dumas, Sainte-Beuve e Baroche, ministro do Interior, seguram os cordões da mortalha. No Père-Lachaise, Victor Hugo pronuncia uma homenagem vibrante ao gênio de Balzac.